INSTINTIVO

RANCHO WOLF
LIBRO 7

VANESSA VALE

RENEE ROSE

REGLA Nº 7 DE LA MANADA: LOS SECRETOS DE LA MANADA NO SE CUENTAN

Supuestamente le tengo que borrar la memoria, no hacerla mía.

La cita de mi hijo sabe mucho. La regla más importante de la manada ha sido quebrantada: ella lo ha visto transformarse. El alfa me ordena que la haga olvidar, pero nada más oler su aroma me hace ver la verdad: esta humana es MÍA.

Riley tiene la mitad de mi edad. Tiene toda la vida por delante. Si la hago mía, le inculco un destino que nunca imaginó. Además, ella cree que soy un mujeriego, solo por una cosa.

Debería alejarme. Debería dejarla ir. Pero Riley es demasiado dulce, demasiado hermosa y demasiado mía. Ahora está atrapada entre nuestros dos mundos: una parte cree que debemos distanciarnos el uno del otro; y el otro, que quiere un vínculo para siempre... En todo caso, ella sufrirá las consecuencias.

Ella no entiende el vínculo que nos une, pero no la

puedo proteger sin eso. Cuando el peligro se le acerca, tiene que confiar en que yo —el lobo que nació para ser suyo— la mantendré a salvo.

PRÓLOGO

RILEY

Ja.

Creía que besar a Tyler McIntire me haría sentir más que... *nah*.

Me aparté del beso y me froté los labios, desviando la mirada hacia el río cerca del que estábamos sentados. Lo que creía que iba a ser un picnic romántico en la naturaleza se tornó...

In-có-mo-do.

Y estábamos a kilómetro y medio del cañón. Imposible escapar.

El beso, pues... terrible.

Tanto que tuve que decir algo antes de que lo volviera a intentar.

—¿Soy yo o estuvo...?

Diablos, ¿cómo se lo decía?

—Raro —aportó Tyler, dedicándome una sonrisa. Una sonrisa apenada, como... ¿cómo se le decía a una sonrisa falsa y tan incómoda como el beso que acabábamos de darnos?

Siempre me había gustado Tyler: tenía esos hombros anchos y esa voz profunda e imponente desde décimo grado. Siempre me pareció como más que los otros chicos de nuestra clase. Para cuando nos graduamos, era el rompecorazones de todo el condado. Pero era prohibido porque había salido con Lila, una de mis mejores amigas, durante todo el instituto.

Tuve que esperar mi turno.

Ahora se han separado, amistosamente, sin gran desamor en ambas partes. Ella se había ido a estudiar a la universidad en Utah y él se había quedado en Cooper Valley, trabajando en el Rancho Wolf. Hasta le pregunté a Lila si no le incomodaba que saliera con él, y me dijo que no.

Así que cuando me crucé con Tyler en el supermercado la semana pasada, le coqueteé y le pregunté si le apetecía salir. Sugirió ir de caminata, pues siempre le habían gustado las actividades al aire libre. Hoy me ha traído al cañón, a un sendero junto al río. Cuando sacó una manta de picnic de su mochila, se me aceleró el corazón. Me encantaba el romanticismo.

Pero el beso... Qué horrible.

Sentí una ola de alivio por todo el cuello. Al menos estábamos de acuerdo.

—Bueno...

Tyler cogió una piedra y la lanzó al río cual profesional. Sí que era el hombre perfecto: grande, fuerte, bueno en todo lo que hacía y caballeroso. Todo un vaquero a la antigua, como los nacidos en Cooper Valley.

—Quizás es porque me siento culpable. —Intenté encontrar alguna razón por la que besar a Tyler después de todo este tiempo y de haberlo imaginado tanto no fuera ardiente—. Me gustaste por tantos, pero estabas con Lila. Tal vez programé mi cerebro para verte como a un hermano o algo así.

Tyler se rio y me miró con los azules arrugados por la sonrisa.

—Con que yo te gustaba, ¿eh?

Le di un codazo.

—Que no se te suban los humos, grandullón. Todas en el instituto estaban enamoradas de ti.

Su sonrisa se ensanchó. Madre mía, cómo era de apuesto. Pero toda la atracción se había ido ya.

—¿En serio?

—Deja de estar...

Echó la cabeza hacia atrás y... olfateó, lo que me distrajo de terminar la frase.

Porque parecía como si hubiese olido galletas y quisiera encontrarlas.

—Ay, mierda. —Tyler se levantó de un salto para ponerse delante de mí.

Tardamos un segundo en procesar lo que teníamos delante.

Un puma, que parecía un gato grande y aterrador. Todos los gatos domésticos que había visto eran unos estúpidos presumidos, pero este, que no era doméstico, se veía muy malo. Como si fuera a jugar con nosotros para luego hacernos pedazos. Y comernos también. Como crecí en Montana, escuchaba historias de lo peligroso que era encontrarte por ahí a un puma o a un oso en un sendero. Se dice que te acechaban cuando no te dabas cuenta, eran así de sigilosos. Diablos, tenían razón. No sabía que estaba tan cerca. Y ahora lo teníamos justo enfrente.

Levantó los brazos en el aire como supuestamente debes hacer para verte más alto.

—Cielos —gritó. Como si se estuviera dirigiendo a un toro errante en el rancho donde trabajaba, no a un gato salvaje sobredimensionado.

Me puse en pie, pero él extendió un brazo para que me mantuviera detrás de él.

—Tranquilo, gato.

Pero el puma no se lo tomó con calma. Dio un silencioso paso al frente, agachándose como si se dispusiera a atacar.

—Tyler, ¡puma! ¡Eso es un puma!

Como si él no lo supiera, pero el pánico me hacía actuar como una tonta. Una tonta viva. No quería morir.

—Diablos. Quédate detrás de mí. No dejaré que te pase nada—. Levantó los brazos y volvió a agitarlos arriba y abajo como si estuviera haciendo señas a un semirremolque.

Estaría suspirando si no fuera por el beso fraternal. ¿Por qué yo era así? Este magnífico hombre debería ponerme.

Seguía comportándome como tonta. Estaba pensando en estar con Tyler en un momento como este. Tal vez mi vida estaba pasando ante mis ojos.

Me quedé detrás de él, agarrando estúpidamente la parte de atrás de su camisa con el puño, como si pudiera escaparse de mí si no me aferraba con todas mis fuerzas.

El gato gigante se movió.

Tyler se preparó doblando las rodillas como un defensa.

Grité. Era imposible que Tyler sobreviviera a una pelea con un puma.

Tyler se lanzó al aire, pateando al gato en el pecho al mismo tiempo que este otro lo rajaba con sus grandes garras.

—¡Tyler!

La fuerza de su ataque hizo retroceder al felino, pero ahora estaba aún más furioso y había herido gravemente a Tyler. Se agarró el hombro ensangrentado mientras corría a interponer su cuerpo entre el mío y el del puma una vez más.

De rodillas, abrí su mochila en busca de algún tipo de arma.

—Por favor, que tengas spray para osos —murmuré mientras tiraba nuestro almuerzo al suelo. ¿Eso también detenía a los pumas?

El gato volvió a atacar. Tyler luchó, golpeándolo en la garganta y la cabeza mientras el gato lo derribaba.

Boca abierta, caninos amarillos listos para acabar con la vida de Tyler.

Con las manos temblorosas, o digamos todo el cuerpo, levanté la manta de picnic del suelo, la única arma que encontré, y corrí hacia ellos.

Tyler forcejeó con el gato salvaje, luchando por mantener esa enorme mandíbula lejos de su garganta con todas sus fuerzas mientras se agitaba desde abajo, intentando quitárselo de encima.

Le eché la manta de picnic encima de la cabeza del animal, con la esperanza de desorientarlo un poco y que Tyler pudiera escapar por debajo.

Lo que ocurrió luego no tenía explicación.

Se oyó un gruñido feroz, no proveniente del gato, sino de Tyler...

¡Hostia puta! Grité y salté hacia atrás, tropezando con una raíz y cayendo de culo.

No sabía adónde había ido Tyler, pero un enorme lobo había ocupado su lugar y tenía sus feroces mandíbulas en la garganta del gato. Un horrible chasquido y crujido de huesos acabó con su vida. El animal se desplomó en el suelo, con un chorro de sangre brotándole del cuello y la cabeza colgando.

Dejé escapar un susurro —más bien un gemido— y retrocedí cual cangrejo.

El lobo gigante giró su enorme cabeza para mirarme. ¡Un lobo! ¿Primero un puma y ahora un lobo?

Le goteaba sangre de la mandíbula y... ¿Qué cosa era esta? ¡Vestía los remanentes de la ropa de Tyler!

A pesar del calor del día de verano, sentí una ola helada. Los dientes me rechinaban. Extendí las manos para desalentar un ataque y me alejé a rastras.

—¿Tyler...?

Parpadeé y el lobo había desaparecido, en su lugar yacía Tyler, desnudo y musculoso. Le chorreaba sangre de la barbilla y le había manchado el pecho. Su brazo tenía heridas abiertas de las garras del gato. Yo estaba en estado de shock. Era una respuesta al trauma. Andaba viendo cosas.

Levantó las manos, imitando mi gesto.

—Tranquila, Riley —dijo con su voz ronca, esa que

me gustaba. Me estaba volviendo loca—. No corras. No te haré daño, lo prometo.

Durante un interminable instante, permanecí congelada, incapaz de moverme. Entonces el impulso de mi cerebro llegó a mis pies.

Me puse en pie de un salto y corrí como si me persiguieran. Después de ver un puma y un lobo, quizá así era.

1

CODY

—Tenemos un problema. —Entré dando tumbos al despacho de nuestro alfa, quitándome el sombrero al entrar.

Tyler venía más atrás a un ritmo mucho más lento.

Rob Wolf estaba detrás de su escritorio y levantó la vista del ordenador. Con una camisa vaquera con las mangas remangadas y una raya en el pelo oscuro —con el sombrero de vaquero que se lo revolvía en la esquina del escritorio—, parecía el típico ranchero. Nadie, salvo los de nuestra manada, sabía que también era un cambiaformas. Y... bueno, quizá una joven humana.

La mirada de Rob pasó de mí a Tyler, luego se ensanchó.

—¿Qué diablos te ha pasado?

Nos pusimos uno al lado del otro frente a él. Tyler nada más vestía un pantalón de chándal que yo guardaba en el maletero de mi Jeep para emergencias. Tenía heridas en el torso además de otros cortes, magulladuras y suciedad. Tenía algunas ramitas en el pelo. Parecía que se había caído por la ladera de una montaña, cosa que hubiera sido mejor que lo que me contó que le había pasado en realidad.

—Siéntate —ordenó el alfa, señalando una de las sillas vacías—. Diablos, Tyler.

Rob no se molestó en buscar suministros médicos. No los necesitaba. Una breve mirada a Tyler, a pesar de su mal aspecto, bastó para que Rob supiera que se estaba recuperando rápidamente.

Tyler se tumbó en el sillón de cuero.

—Un puma. Pero metí la pata. Lo siento mucho.

Estaba orgulloso de que lo admitiera, sobre todo ante su alfa, pero una disculpa no iba a resolver el problema. Rob arqueó una ceja.

—¿Ah? ¿Tenemos que ir a buscar a un animal herido y sacrificarlo?

Inhalé y exhalé. Dejé que Tyler hablara. Tenía diecinueve años, no seis. Me pararía a su lado a apoyarlo, pero para ser un hombre, para ser un lobo, tenía que asumir sus errores, sobre todo con el alfa de nuestra manada y también su jefe. Esto no era una vaca volteada u otras travesuras adolescentes, era un problema gravísimo.

—No, señor. —Tyler hizo una mueca de dolor y se retorció en el asiento. Los cortes y magulladuras que tenía en el cuerpo cuando lo encontré se habían curado bastante. La hemorragia había pausado y las heridas más pequeñas ya habían desaparecido. Ventaja de los genes de lobos jóvenes—. Estaba con Riley Abbott cerca del río.

Las comisuras de los labios de Rob se alzaron. Me daba la impresión de que el alfa y su compañera habían pasado el rato en el río en un día libre. No me cabía duda de que Tyler se había acostado antes con una adolescente cambiaformas, sobre todo después de una carrera lunar. El tema no era embarazoso ni era un problema para ninguno de nosotros.

—Un puma debe haber estado acechándonos —explicó Tyler—. Estábamos... distraídos, y no percibí el olor lo suficientemente pronto. Cuando lo olfateé, ya era demasiado tarde. Ya estaba encima de nosotros. Nos atacó. Peleé, pero me transformé en lobo.

Los ojos de Rob se abrieron de par en par, pero permaneció callado. Deslizó la mirada hacia mí.

Asentí con la cabeza. No buscaba confirmación de mi parte; nadie le mentiría a su alfa. Estaba confirmando en silencio lo que Tyler no había dicho todavía.

—¿Entonces ella sabe? ¿Está Riley Abbott? —preguntó.

Había visto a Rob enfadarse, pero era raro. Al igual que yo, éramos conocidos por mantener la calma en situaciones difíciles. Yo no lideraba una manada, pero era dueño del único bar de Cooper Valley, y trataba con cambiaformas y humanos que se divertían, bebían y se desahogaban.

—Es la hija de Kyle Abbott —añadí—. Es ayudante del alguacil con Levi.

Que un cambiaformas fuera alguacil del condado ayudaba en ocasiones.

—Vale —dijo Rob, haciendo la conexión.

Tyler asintió.

—Sí. Ella me vio. Me vio pelear y matar al puma.

—Dijiste que estabais distraídos. ¿Asumo entonces que ella es tu compañera? —preguntó Rob.

Yo no le había preguntado a Tyler. Había estado demasiado centrado en el hecho de que una chica que conocía del instituto supiera ahora que mi hijo era un cambiaformas. ¿Había encontrado a su compañera? A su edad, sería una suerte. Yo tenía cuarenta y no había conocido a la mía. La madre de Tyler era una hembra que había estado en una carrera lunar conmigo cuando éramos un poco mayores que Tyler ahora. Clara no era mi compañera. De hecho, ella encontró al suyo unos años después.

Las palabras de Tyler me sacaron de mis pensamientos.

—La verdad, estaba distraído porque ella no es en lo absoluto mi compañera.

Rob frunció el ceño. Yo también.

—¿Qué significa eso? —pregunté.

—Ella estaba interesada en mí —dijo Tyler mirándonos—. No soy mujeriego ni nada, pero sé cuando una chica está interesada. Ella lo estaba. Me dio todas las señales. Entonces nos besamos.

—¿Y fuiste a por ella a pesar de que sabías que no era tu compañera? ¿Te dejaste gobernar por la verga? —preguntó Rob.

Yo sabía lo que era que la verga te gobernara. Normalmente, si quería tener sexo, buscaba una loba. Podía buscarme a una humana, y lo había hecho, sobre todo con lo fácil que era tener un bar. A todas las mujeres les parecía atractivo el barman después de unas copas. No me aprovechaba de una mujer que había bebido, pero los rollitos de una noche eran inevitables. No podía ser demasiado duro con Tyler, la verdad.

—Lo sabrás —dijo Rob con autoridad, no solo como alfa sino como cambiaformas que había encontrado a su pareja.

No tenía que aportar porque yo no lo sabía.

—¿Entonces buscabas divertirte y lo habrías hecho si un puma no hubiera estropeado las cosas? —pregunté.

Tyler se pasó una mano por la nuca y una ramita cayó a la alfombra. Bajó la mirada.

—No, porque el beso estuvo mal.

—¿Quieres decir que ella besa mal? —Una lenta sonrisa se dibujó en la cara de Rob.

Tyler sacudió la cabeza y frunció el ceño.

—No. No estuvo bien. No sentí nada. Fue hasta raro. Fue como besar a una hermana, si tuviera una.

La sonrisa de Rob se convirtió en ceño fruncido.

—¿Qué dijo ella?

—A ella también le pareció extraño el beso, pero no por mucho tiempo porque... —Hizo un círculo con el dedo en el aire—. El puma. Luego me transformé en lobo. Eso desde luego que le pareció rarísimo.

—¿Dónde está ahora? —preguntó Rob.

—Se ha ido corriendo.

—¿Que se ha ido corriendo?

—Sí. Después de curarme y poder moverme, recorrí el sendero hasta el comienzo, pero no había rastro de ella. Probablemente fue algo bueno, porque yo estaba casi desnudo. Hasta yo sé que ninguna mujer, humana o cambiaformas, quiere ser perseguida por un tipo desnudo.

—¿Dónde está ahora? —repitió Rob.

Tyler se encogió de hombros y luego hizo una mueca.

—Sé lo que estás preguntando. Yo no la habría

dejado. —Dirigió la mirada hacia mí—. Mi padre me hubiese dado una golpiza peor que el puma si la hubiese dejado.

Asentí con la cabeza porque sí le daría una paliza si no trataba bien a una mujer. Tanto si el beso hubiera sido bueno como si no, tenía que asegurarse de que ella estuviera bien y en casa.

—Pero se fue —continuó Tyler—. Su coche había desaparecido del aparcamiento donde nos encontramos. Como dije, no podía perseguirla con los huevos colgando.

—Me llamó y quedé con él en mi casa para que se vistiera y luego vinimos aquí —le dije a Rob.

—Hay una humana no apareada que sabe que eres un cambiaformas. —Rob lo expuso con una frase—. En Cooper Valley. Está asustadísima y no es tu compañera.

—Sí.

—La ley de la manada dice que la matemos —dijo Rob sin rodeos.

Qué diablos...

Tyler se puso en pie, se tambaleó un poco, pero se mantuvo firme.

—¿Qué? Ni de coña. La estaba protegiendo. No iba a poder evitar que mi lobo hiciera todo lo posible para mantenerla a salvo. ¡No se merece morir por eso!

—No le grites a tu alfa —le advertí a pesar de estar de acuerdo.

Rob levantó una mano.

—No. No pasa nada —me dijo. Luego su mirada se desvió hacia mi hijo y las comisuras de sus labios se movieron—. Estoy orgulloso de ti, Tyler. Has hecho lo correcto. Ella está sana y salva, y eso es lo que importa. Pero tu padre tiene razón: tenemos un problema. Sobre todo si ella ya le ha contado a su padre lo que pasó.

—¿No vas a matarla? —chilló Tyler.

Rob negó con la cabeza.

—No. Quería saber qué ibas a decir. Necesito saber que mi manada está hecha de machos dignos y protectores.

El pecho de Tyler se hinchó.

—Pero tenemos que borrar el lobo de la memoria lo más pronto posible —continuó—. Diablos, puede que ya se lo haya contado a alguien. Eso la convierte en un riesgo para toda la manada.

Tyler suspiró de alivio al ver que Rob no decía en serio lo de matarla.

—Hay que llevársela a Marion.

Marion. Hostia. Marion no era de los nuestros, pero el Consejo de Cambiaformas usaba sus talentos de vez en cuando para solucionar problemas con los humanos. Tenía la espeluznante habilidad de borrar recuerdos selectos de sus víctimas o incluso implantar nuevos. Era una forma mejorada de sugestión hipnótica. Y cobraba bastante pasta por ello.

Además, vivía en Missoula y no hacía visitas a domicilio. Tendríamos que llevar a Riley hasta ella.

Diablos.

Esto se estaba complicando.

El borrado de memoria podría ser peligroso. Pero Riley Abbott era joven, y nada más era un breve incidente que había que reemplazar. Con suerte no le pasará más que un dolor de cabeza. Necesitábamos que creyera que su cita con Tyler había sido tranquila, aparte de un mal beso.

Rob tenía razón: cada segundo que pasaba aumentaba la posibilidad de que le contara a alguien lo que había visto. Si Marion pudiera reprogramar su memoria con algo más plausible de entender para un humano, lograría que Riley explicara que se había confundido con lo que pasó con Tyler. Tal vez hasta se podría eliminar la parte del puma, que podría ser traumática por sí sola.

—Yo la llevaré —dijo Tyler.

Rob negó con la cabeza.

—Es probable que ni se te quiera acercar. —Su mirada alfa se desvió hacia mí—. Tú la llevarás.

No desobedecía ninguna orden de mi alfa, así que asentí. Tendría que pedirle a uno de mis empleados que abriera el bar esta noche, pero eso se podía arreglar. No había otra opción. Había que hacerlo.

Rob rodeó el escritorio, abrió un cajón y sacó...

Mierda. Sacó una jeringuilla y la llenó, luego la tapó y me la dio.

—Esta es una dosis baja de tranquilizante para caballos. No la dejará inconsciente más de una hora, pero con eso podrás llevársela a Marion sin generarle más recuerdos que haya que borrar.

—Sí, alfa.

—Hazlo.

2

RILEY

TYLER ME HABÍA LLAMADO cinco veces desde que huí de él —o más bien del lobo gigante— y me fui del cañón. Ni siquiera sabía que podía correr dos kilómetros cuesta arriba sin morirme.

Volví a rechazar su llamada y marqué el número de mi mejor amiga, Lila, con dedos temblorosos.

Había salido con Tyler durante tres años. ¿Sabía que él era un monstruo?

—Diablos —murmuré cuando la llamada se fue directo al buzón de voz.

¿Y si...? ¿Y si la mordió y la convirtió en lobo también? ¿Y si mi mejor amiga también era un monstruo? ¡Dios mío! El cerebro me daba vueltas.

Yo estaba dando vueltas.

Nada de esto tenía sentido.

El corazón me retumbaba mientras pensaba qué hacer. Reviví la escena del cañón una y otra vez, pero seguía sin encontrarle sentido. Para repasar, besé a Tyler, y no fue bueno. Después él olfateó el aire ¡cual lobo!, y justo después, apareció el puma. Estaba el puma a punto de ganarle cuando de repente... Era un lobo gigante con mandíbulas que trituraban huesos. ¡Había matado a un puma con los dientes!

Vale. Entonces Tyler era un lobo. Un hombre lobo. Eso o le puso hongos a los sándwiches que almorzamos y yo estaba alucinando.

Debería llamar a mi padre: trabajar para la oficina del alguacil significaba que se le daban bien las emergencias. Pero no. No. Algo me detuvo.

Mi padre era sobreprotector a más no poder. Después de llevarme a urgencias para que me hicieran un análisis de drogas —porque pensaría que Tyler me había drogado para abusar de mí o algo así—, probablemente metería a Tyler a la cárcel sin hacer preguntas. Y Tyler no me había hecho daño. Todo lo contrario: me había protegido. Se había puesto frente a mí para pelear con un puma.

Un puma.

Era un héroe, no un monstruo.

Un héroe con forma de monstruo.

Quizá debería recibir la llamada y escuchar lo que me quería decir. Caminé en círculos en la casita de Nana, agradecida de tener al menos mi propio espacio para pensar.

Después de que mi Nana se mudara a una casa de retiro a principios de verano, me vine a vivir aquí. Mi padre quería vender la casa para ayudar a financiar su jubilación, pero ella insistió en que solo estaba «probando» la comunidad y que necesitaba que yo mantuviera la casa hogareña en caso de que regresara. Sospechaba que me estaba dando mi libertad, ya que la universidad pública a la que asistía no tenía alojamiento en el campus y mi padre quería que me quedara en casa.

Era así de sobreprotector. Desde que mi madre nos abandonó, se volvió un poco exagerado. Y eso había sido prácticamente la mayor parte de mi vida.

Dejé de caminar en círculos y me quedé mirando el móvil con el pulgar encima del nombre de Tyler. ¿Debería llamarle? El corazón me seguía latiendo tan rápido que no era normal. Tenía la respiración acelerada.

Quizá necesitaba una ducha. Siempre pensaba mejor en la ducha. Además, la caminata y la carrera me habían dejado llena de polvo y sudor. Me fui al baño, abrí el grifo y me quité la ropa polvorienta.

Me metí y dejé que el agua cayera en cascada sobre mi cabeza.

Sí.

Esto era lo que necesitaba. No se me estaba aclarando la cabeza, pero al menos el cálido chorro me sentó bien. Mis músculos empezaron a relajarse.

Debería llamar a Tyler. Sí. Eso tenía sentido. Él era la única persona que me daría respuestas a las preguntas que daban vueltas en mi cerebro.

Después de lavarme con champú y acondicionar, afeitarme y todo lo que se me ocurrió para evitarlo y escuchar la verdad, cerré la ducha y cogí una toalla para secarme.

—¿Riley?

La voz profunda de un hombre llamó desde la sala de estar.

Mierda. El pulso se me volvió a disparar a velocidades épicas. Menos mal que había calmado mi sistema nervioso. Malditos pueblitos donde la gente entraba por las puertas abiertas. Mi padre me iba a matar por no cerrar la mía.

—¿Quién es? —respondí, alcanzando mi bata corta de satén rosa y metiendo los brazos mojados en las mangas. Abrí la puerta de golpe y grité porque el dueño de la voz, de metro noventa, estaba justo fuera—. ¡Ah!

Lo reconocí, pero mi cerebro estaba tan nublado por el incidente del puma que aún estaba atando cabos. El Sr. McIntire, el guapísimo propietario del Cody 's Saloon, estaba en el pasillo, pero no sabía por qué.

Cooper Valley era un pueblo pequeño, así que lo conocía. Era un coqueto y amistoso conocido por todas las mujeres, pero no sabía que me conocía a mí.

—Siento asustarte, cariño. Toqué la puerta y no contestaste. Me preocupé. Ahora sé por qué. —El Sr. McIntire se quitó el sombrero de vaquero y se recostó en la pared del pasillo como para dejarme espacio. Arrugó los ojos y me dedicó una media sonrisa.

Vaya. Este hombre parecía un actor de Hollywood con ese pelo oscuro y ojos azules. La barba bien recortada le daba un aspecto rudo, de vaquero, realzaba la mandíbula cuadrada y los hoyuelos de su barbilla.

Tenía cara de pedir disculpas, pero no de remordimiento genuino. Como si supiera que él no debía estar dentro de la casa de Nana, pero tampoco se iba a ir.

La cercanía a esta deliciosa muestra de hombría desconcertó todavía más mi ya confuso cerebro.

Sentí su atracción por mí. Aunque su mirada no se apartó de mis ojos, supe que se había dado cuenta de que estaba delante de él, empapada, desnuda bajo la bata corta que ni siquiera había terminado de atarme.

Los ojos le brillaban de aprecio.

¡Le brillaban los ojos!

Parpadeé. ¡Dios mío! ¡Era un idiota! Era el Sr. McIntire. El padre de Tyler.

¿También era un lobo?

Inspiré y apreté el cordón de la bata.

—¿Qué hace aquí, señor McIntire? —Me cabreó el temblor de mi voz.

Se acercó y me tocó un hombro. Los tonificados músculos de su antebrazo se flexionaron cuando estiró la mano.

—No tengas miedo. No voy a hacerte daño.

Mi cuerpo respondió a su tacto, a su cercanía, a su aroma masculino y al ver los abultados músculos de su brazo y su pecho. Llevaba una camisa de botones ajustada con los puños remangados hasta los codos, mostrando sus antebrazos fuertes y bronceados. Se me hizo la boca agua y se me humedecieron otras partes del cuerpo.

Entonces mi cerebro, que seguía demasiado lento, espabiló. El Sr. McIntire había venido por lo que yo había visto. ¿Cómo de raro fue que viniera él y no Tyler? ¿Iba a morderme? ¿Me iba a convertir en uno de los suyos?

—Creo que... Creo que debería irse. —Me aparté de su mano y me fui de prisa a la sala de estar. Nana tenía una escopeta cargada detrás de la puerta de entrada.

No me persiguió. Oí el paso uniforme de sus botas de vaquero mientras me decía:

—Me he enterado de lo que ha pasado en el cañón. Tyler dijo que no le responderías a sus llamadas, así que estábamos preocupados. Quería saber que habías llegado bien a casa.

Agarré la escopeta y levanté el cañón mientras giraba.

—Sí, estoy en casa.

Demasiado tarde.

El Sr. McIntire se acercó y agarró el cañón. Con lo rápido que tiró, perdí el agarre y la escopeta salió volando de mis manos. La tiró en el sofá detrás de él y me sujetó la nuca con la palma de la mano.

Mis ojos se abrieron de par en par cuando intenté moverme y me di cuenta de que estaba inmovilizada,

Tenía una fuerza sobrehumana. Si me quedaba alguna duda, ahora estaba confirmada: definitivamente el Sr. McIntire también era un lobo.

Se inclinó como si fuera a besarme.

—Siento mucho todo esto, cariño —murmuró.

¿Qué cosa? Se me encendieron las alarmas, pero fue tarde. Algo afilado me pinchó en el cuello.

¿Una aguja? Diablos.

—Lo último que quería era alimentar tu trauma, pero te prometo que mañana será como si no hubiera pasado nada. —Apenas oí su murmullo ronco antes de que mi mente se quedara en blanco.

3

CODY

Cargué a Riley, flácida, en brazos. La bata se le abrió y expuso un pezón endurecido.

Por un momento no pude moverme. Lo único que podía hacer era mirar fijamente a la encantadora joven. No, mujer. El tono rosa oscuro de su areola. Lo erizado que tenía el pezón, como si a pesar del miedo que me tenía, también hubiera estado excitada. El destino sabía que yo sí lo estaba.

En cuanto abrió la puerta del baño, con una bata que se le pegaba a la piel húmeda...

Todo esto estaba mal, muy mal. Esta chica era tan joven que podía ser mi hija. ¡Era la cita de mi hijo, mierda! Demonios. Si iba a la escuela con Tyler, también tenía diecinueve años.

Lo único que podía hacer era mirarla. Todavía estaba húmeda por la ducha y tenía la piel enrojecida. Le caían gotitas de agua del pelo castaño rojizo hasta el hueco de la garganta. Tenía ojos grandes y marrones. Labios exuberantes y besables. La había pillado por sorpresa al entrar a la casa de improviso y ahora tenía la necesidad primitiva de darle unos azotes en el culo por dejar la puerta abierta y salir de su baño a encontrarse con un desconocido como había hecho, toda desnuda, exquisita y follable.

Normalmente, los humanos no me gustaban mucho, pero en este caso nunca deslizaría el dedo a la izquierda.

No podía creer que Tyler dijera que el beso había sido malo. No tenía sentido.

Si yo le pusiera mi boca encima, sería potente. La verga se me puso dura nada más pensarlo. Y ese pezón. Hostia puta.

Ésos eran los estúpidos pensamientos que se me cruzaban por la cabeza desde que salió con esa bata de baño. Había traído el tranquilizante y había planeado pincharla rápidamente antes de que pudiera entender lo que estaba pasando, pero no, lo que hice fue quedarme mirándola.

Como estaba haciendo ahora.

—¿Qué voy a hacer contigo, Riley Abbott? —

murmuré, acercando más su cuerpo flácido a mi pecho. Maldición, lo dije como si tuviera elección.

No tenía elección.

Mi alfa me ordenó que llevara a esta humana a Missoula para extraerle la memoria del ataque del puma. No vine aquí para salir con ella.

Y tampoco es que ella iba a salir con un tío tan viejo como su padre.

Uf, hablando de su padre... No podía olvidar que estaba secuestrando a la hija de un ayudante del alguacil. Si esto no fuera un asunto crucial de la manada, pensaría que era estúpido. Pero tenía que hacerlo. Tenía que hacerlo bien.

Miré el rifle que estaba en el sofá. Sería más fácil si me pasara a Riley por encima del hombro para tener las manos libres, pero algo no me dejaba hacerlo. Me agaché para recoger la escopeta, haciendo malabarismos con ella y con la suave y exuberante Riley hasta que volví a colocarla detrás de la puerta.

Qué bien que has hecho teniéndola y corriendo a por ella. Qué mal por hacerlo en bata y con la puerta sin seguro. ¿No sabía ella que yo tenía instinto de persecución?

Caminé hasta su dormitorio, la tumbé en la cama y miré a mis lados.

Esta era la casa de la abuela de Riley. Opal Abbott había sido una figura en Cooper Valley desde mucho antes de que yo naciera. El dormitorio era una curiosa mezcla de juventud y vejez. Los muebles eran antiguos. La mayoría de las obras de arte parecían ser de la anciana, pero Riley había colocado fotos enmarcadas de ella y sus amigas encima del vestidor.

Cogí una en la que se veía a los chicos con sus trajes de graduación. En el grupo estaba Tyler, imponente junto a su ex novia, Lila. Riley estaba a su otro lado. No le había prestado atención a esta mujer antes, pero ahora de repente me había cautivado. El gordo pezón logró eso.

Cuando Riley gimió, somnolienta por las drogas, volví a centrarme en la tarea. Tenía que ponerme en marcha.

Obligándome a continuar, dejé la foto en el suelo y abrí de un tirón los cajones de la cómoda.

—Maldición —murmuré al encontrar sus bragas, un mullido montón de encaje y seda de colores. Cerré el cajón de golpe y abrí otros hasta que encontré unos pantalones de yoga y una camiseta para ponérselo.

Me volví para mirar a la hermosa adolescente tumbada en la cama, con la bata que se le subía por los muslos tonificados. Unos centímetros más y vería el cielo.

Adolescente, me recordé a mí mismo. Adolescente. Más viejo.

No era una hembra con la que pudiera jugar más allá de lo que mi mente y mi pene me dijeran.

Pero algo se agitó dentro de mí. Un murmullo de mi lobo: «No pierdas tiempo, espera».

Parpadeé. ¿MANTENER? ¿Qué diablos?

No tenía tiempo para esto, para lo que mi lobo de repente estaba tratando de decirme. El tiempo corría y tenía que llevar a esta chica a Missoula y traerla a casa antes de que su padre o cualquier otra persona se diera cuenta de que me la había llevado. Conteniendo mi lujuria con una voluntad de hierro, apreté los dientes y le metí las piernas en los pantalones de yoga. Se los subí y deslicé una mano por debajo de su culo para levantarle las caderas. Mientras lo hacía... Mierda. «Destino».

Cuando me acerqué a su delicioso aroma —sí, el aroma de la excitación de su cuerpo por mí—, mi lobo rugió a la superficie.

Sacudí la cabeza.

—No. No, no —murmuré, dando un paso atrás y tropezando con una zapatilla. Lo único que podía hacer era mirar fijamente a Riley en la cama nada más que con los pantalones y la bata. La bata que ahora estaba completamente abierta, dejando al descubierto sus más que exuberantes pechos. Sus dos pezones suplicaban por mi lengua. Suplicaban mi atención.

La tenían por completo. Se me hizo agua la boca de las ganas de darme un festín con ellos y más abajo.

Pero no. No, no, no, no. Esto no podía ser.

Me pasé una mano por la nuca y empecé a andar de

un lado a otro por el pequeño dormitorio, volviendo a tropezar con la zapatilla. ¿Por qué me sentía así? Tenía que...

Sin pensarlo más, me abalancé sobre ella, a horcajadas sobre su cintura. La cama rechinó al sumarle mi peso. Ignoré la incomodidad de la cremallera presionándome la verga mientras me inclinaba hacia delante y le acercaba la cara al cuello para aspirar su aroma con mis fosas nasales.

Hostia puta.

Era celestial, mejor que un whisky de 200 años con hielo, más exquisito que el mejor manjar. Tenía notas de flores silvestres de verano y sol. Olía a...

¡Mi compañera!

El pensamiento inoportuno vino de parte de mi lobo.

Me la quedé mirando. Dormida. No, no estaba dormida, estaba inconsciente porque la había sedado. Era hermosa. Tenía pecas en la nariz, labios carnosos. Todo en ella era perfecto.

Ay, no. Menudo lío. Esto sí que estaba jodido.

Pero estaba seguro. Rob había dicho que reconocería el olor cuando lo percibiera, y tenía razón.

¡Riley Abbott era mi compañera!

¡Mieeeeerda! Volví a levantarme de la cama y caminé en círculos, pasándome los dedos por el pelo. No sabía dónde se me había caído el sombrero de vaquero —probablemente en alguna parte de la sala de estar—

cuando tuve que arrebatarle el rifle de las manos a... Demonios, a mi compañera.

¿Qué iba a hacer? No solo tenía la verga dura por esta chica... ¡No, mujer! ¡No, adolescente! ¡Ahora mi lobo decía que era nuestra compañera! Acababa de meterme a una casa. Bueno, técnicamente, la puerta estaba abierta, pero entré sin invitación y sedé a la hembra de mi vida. Supuestamente tenía que borrarle los recuerdos, no seducirla.

¡No aparearme con ella!

¡Esta chica era de la mitad de mi edad! Estaba interesada en mi hijo. Ella jamás saldría con un tío tan mayor como su padre. Y aunque lo hiciera, porque no podía negar la electricidad que había entre nosotros, el padre seguramente usaría su revólver del condado para intentar matarme. Y eso sí que era malo, porque si me disparaba, no moriría, entonces tendría que dar más explicaciones.

Se iba a despertar pronto, ¿y cómo putasiba a explicárselo? ¿Cómo iba a ganarme su confianza cuando, literalmente, la había drogado y pretendía secuestrarla para que se olvidara de que había cambiaformas en el pueblo?

Suspiré, me llevé las manos a las caderas y la miré fijamente. Mi compañera.

Tal vez debería seguir con el plan de llevarla a Missoula para al menos borrarle los recuerdos de haber visto a un lobo y de este jodido encuentro. Entonces tendría un nuevo comienzo y tiempo para planear un mejor acercamiento con ella.

Mientras pensaba en ello, mi lobo gruñó de rabia. Ni de coña iba a dejar que Marion se le acercara a mi compañera. Ni de puta coña.

Por supuesto que no. Nunca sometería a mi compañera a ningún posible daño. Y borrarle los recuerdos era eso y más.

Iba a tener que resolver esto de otra manera.

Demonios. Demonios. Demonios. Seguí caminando en círculos, pensando. Luchando conmigo mismo, con mi lobo y con mi alfa.

Incluso dejando a un lado el gran problema de tener que desobedecer a mi alfa y dejar que conservara el recuerdo de Tyler en forma de lobo, seguramente volvería a buscar un arma en cuanto despertara.

Tenía que sacarla de aquí. Tenía que llevarla a un lugar apartado… Que fuera mía. Tenerla a salvo. Diablos, tendría que tenerla presa hasta que pudiera hacerle entender que me pertenecía.

Mierda, eso sonó mal. Pero eso era esencialmente lo que significaba para un lobo cambiaformas. Eso hizo gruñir a mi lobo. No tenía nada de «esencial». Riley Abbot era MÍA.

Ahora que sabía que era mi pareja, ahora que había inhalado su aroma, no podía fingir que podría seguir viviendo sin marcar a Riley Abbott. Tenía que reclamarla. No podía negarme al destino.

Luego de que la hiciera mía, podría pensar en el siguiente paso.

Cogí a Riley en brazos saboreando su contacto y su olor.

—Perdóname, cariño. —Hundí la nariz en su pelo mojado—. El destino ha tomado la decisión por los dos. Ahora me perteneces.

4

RILEY

CON UNA SONRISA, froté la cara en la suave almohada, descansada y contenta. Me tumbé boca arriba y me estiré, alzando los brazos por encima de la cabeza. Mis manos chocaron con el cabecero de la cama.

Me quedé helada porque este no era el cabecero de latón de la cama de mi Nana.

Me levanté de golpe y parpadeé. Dios mío, esta no era la casa de mi Nana. Esta no era la casa de mi padre. No reconocí el dormitorio. ¿Dónde estaba y qué hacía durmiendo aquí? Me sentí como Ricitos de Oro y me entró la duda de si estaría por venir un oso gigante a reclamar su cama.

—Estás despierta.

Sobresaltada, di un salto. Al ver a un hombre grande en la puerta, me eché hacia atrás contra el cabecero robusto, de troncos. No era un oso, era... ¡Hostia puta! Era...

—Sr. McIntire —suspiré. Me senté erguida rápido.

Todo volvió a mí de golpe cual escena de película en cámara rápida. Tyler. El lobo. La ducha. La visita de su padre a casa. La aguja. Luego nada. Luego... yo aquí.

El grandulón hizo una mueca y se pasó una mano por la nuca.

—Cody. Llámame Cody.

Su tono de voz era grave como el ruido de un quitanieves en una carretera helada, y me causó escalofríos.

—Vale —esperé, echando las piernas hacia un lado de la cama. Me habían secuestrado. Tenía que salir de aquí—. ¿Qué es esto, Cody?

Levantó las manos a modo de gesto tranquilizador. Lo atribuí a lo bueno que estaba el querer confiar en él a pesar de lo que me decía la razón.

—Vas a quedarte aquí conmigo por un tiempo. Debo explicarte algunas cosas.

Fruncí el ceño, con las alarmas resonando.

—¿Qué? ¿Por qué? ¿Y dónde es aquí?

Me encontraba en una cabaña de madera con paredes, techos y suelos de madera. Los sencillos muebles también eran de pino. Por medio de la ventana de la habitación, que tenía unas cortinas blancas sencillas a cada lado del cristal, podía ver que el sol seguía arriba, así que no llevaba dormida más de una o dos horas. También me di cuenta, por el hecho de que la vista consistía en árboles por doquier, de que no estábamos en el pueblo.

Se acercó al lado más cercano de la cama y yo me deslicé en dirección contraria. No me asustaba que pudiera hacerme daño, pero sí me asustaba no saber por qué razón estaba aquí y por qué me sentía más atraída por él que asustada. Quizá las drogas me habían trastornado la cabeza. Aunque también me había hipnotizado cuando lo vi en casa de mi Nana.

Debería estar volviéndome loca. Vale, lo estaba. En parte.

El Sr. McIntire... Cody, era grande, ancho, misterioso, guapísimo, ardiente. Clavó los ojos en los míos y me sentí vista y expuesta, como si mi ropa fuera de tela delgada y no de satén. Cuando su mirada bajó para contemplar cada centímetro de mí, se me endurecieron los pezones. ¡Traidores!

Me drogó. Me secuestró. Aparentemente me había visto el cuerpo, porque lo que llevaba puesto era una bata y ahora estaba vestida. Me acostó en la cama. Dios, su cama.

Este era el padre de Tyler. El PADRE. Y cuanto más nos mirábamos en silencio, más me atraía. Esa barba cerrada me cautivaba. También sus ojos intensamente azules. Su cuerpo fuerte y su... Dios mío. ¿Síndrome de Estocolmo? ¿Traumas paternales?

—Esta es mi cabaña, cariño —dijo. Él vivía en el pueblo. Yo había estado en su casa por Tyler, ¿así que esto debía ser su refugio? ¿Una escapada a la montaña? ¿Una guarida para esconder mujeres secuestradas?—. Estás aquí porque... —Hizo una pausa y se frotó la nuca. No podía dejar de mirarme. Desde dentro—. Pues porque eres mía.

Parpadee. Y luego otra vez.

—Eh... ¿qué?

¿Yo era suya? Ahora sí que me estaba asustando.

—Lo que viste estando con Tyler fue real —continuó.

Estaba de pie, con los pies separados y postura relajada. Pero desprendía un aire dominante y fuerte. Dios, ¿qué droga me había dado? Porque quería relamerme los labios por lo viril que era...

—El lobo —dije, después de tragar saliva.

Asintió con la cabeza.

—Tyler es un hombre lobo —aclaré.

Negó con la cabeza.

—No un hombre lobo. No es una enfermedad que puedas contagiarle a alguien. Es una especie diferente. Tyler es un cambiaformas.

—Eso significa... —Lo miré de pies a cabeza. Me fijé en los vaqueros que se amoldaban a su cuerpo de formas que no deberían ser legales, en la camisa que pedía a gritos ser arrancada. Los antebrazos eran casi pornográficos. El pelo un poco largo y rizado, y no me podía olvidar la barba. Quería tocarla, sentir lo suave que era. Quería sentirla por todas partes... Esa barba me gustaba mucho.

¿Era porque a los chicos de mi edad ni siquiera les salía un bigote?

—Yo también soy un cambiaformas —admitió.

Tal vez me había golpeado la cabeza en la caminata con Tyler. Tal vez estaba delirando, viendo cosas, oyendo cosas. Tal vez ni siquiera estaba despierta. Tal vez este era un sueño causado por las drogas. Por medio de Tyler, conocía a Cody, muy superficialmente, desde hace unos años. Nunca habíamos hablado porque era el padre de un amigo. Amigo al que había besado y que me pareció soso.

Por alguna razón, lo que debería estar sintiendo por Tyler lo sentía ahora por Cody. Atracción. Interés. Deseo. Un anhelo de ser besada y no solo en la boca. No tenía ni idea. ¡No tenía ni idea porque era el padre de Tyler!

Tyler nunca dijo nada malo de él, nunca lo acusó de ser un loco sobreprotector. El mío sí que lo era. Por ser ayudante del alguacil, mi padre era un maniático del control en todos los aspectos de su vida, especialmente cuando se trataba de mí y de mi vida. Cody era guay. Siempre lo había sido.

La cosa era que no sabía que era un puto cambia-formas ni que me parecía tan guapo.

Eso significaba que iba a convertirse en lobo. Iba a pelear contra un puma. Pero no había pumas aquí, dondequiera que estuviera. Solamente estaba yo. ¿Me iba a hacer pedazos? ¿Iba a arrancarme la garganta? ¿Darme un zarpazo?

No, no y no, mierda.

Dirigí la mirada hacia la puerta de la habitación, salté de la cama y corrí hacia ella. Tenía que largarme de aquí, irme lejos de Cody, lejos de cualquier McIntire. Lo más lejos posible.

Mi padre siempre me había dicho que velara por mi seguridad. Que caminara en grupo, que mantuviera las llaves entre los dedos, que tuviera cuidado.

Pero lo que hice fue dejar la puerta de casa abierta y un hombre entró, me drogó y me secuestró en una cabaña en el bosque. Era literalmente la trama de cada programa de crímenes televisivos. Si eso no fuera sufi-ciente, que lo era, acababa de admitir ser un lobo cambiaformas.

Si no hubiera visto a Tyler en acción, no me lo hubiese creído. Me reiría en la cara de Cody. Pero lo había hecho. Lo había visto. Eso significaba que no debía quedarme a hacer nada con la cara de Cody ni con el resto de su cuerpo.

La cabaña era bastante pequeña, por suerte. Crucé la

habitación y abrí de golpe la puerta.

—¡Riley! —gritó Cody, y la voz le resonó casi que por todas las paredes de troncos.

Escuché los pasos pesados, lo que significaba que Cody venía detrás de mí mientras corría por el porche y saltaba los tres escalones hacia un campo de hierba y flores silvestres. No vi ninguna otra casa. Un estrecho camino de tierra era la única guía que tenía hacia la civilización. Estaba sola con Cody, el cambiaformas. Con un lobo. Si se parecía en algo a su hijo, tendría colmillos tan afilados como para arrancarle la garganta a un puma. Suficiente fuerza para romper el cuello del animal.

Eso significaba que fácilmente podría hacerme ambas cosas.

—¡Demonios, cariño! Para. ¡Demonios!

Vi su Jeep, me giré y corrí hacia ella, rezando para que las llaves estuvieran dentro. Si no, podía cerrar las puertas y... no tenía ni idea, pero era una barrera de metal y cristal entre yo y una... persona lobo.

Tenía la respiración entrecortada y la adrenalina que corría por mis venas me impulsaba a correr más duro. Pero yo no corría rápido. Había sido animadora en el instituto. Eso no era un deporte de resistencia. Podía agacharme y dar volteretas, pero eso desde luego que no iba a salvarme en este momento.

Antes de llegar al coche, un brazo me rodeó. Chillé. Mis pies dejaron de tocar el suelo en cuanto me tiraron hacia atrás contra el duro cuerpo de Cody. Su cabeza bajó hasta mi cuello y juraría que olfateó.

—¡No! ¡No me desgarres la garganta! —Forcejeé y eché la cabeza hacia atrás, golpeándole la cara.

—¡Maldición! —murmuró Cody, que no me aflojaba. Su brazo me rodeaba el torso desnudo por donde se me subía la camiseta. Me había puesto ropa, pero no sujetador.

—No te retuerzas. No luches. Por el amor de Dios, no huyas —gruñó.

—¿Por qué? —grité—. ¡Me vas a comer!

Se quedó completamente quieto. Completamente rígido, y sentí cada centímetro duro de él. Cada centímetro. Y esta vez no gruñó con palabras. Literalmente aulló.

—Como no te quedes quieta, te echaré a la hierba y te comeré. Puedo oler lo excitada que estás ahora mismo. Sé que ese coño tuyo está húmedo y listo para lamer.

Sus sucias y ridículamente excitantes palabras me distrajeron. ¿El Sr. McIntire quería comerme el coño?

Ambos respirábamos con dificultad y quizá ahora por un motivo distinto al de una carrera sin frenos.

—Sí, tu vagina—repitió, como si quisiera asegurarse de que lo había entendido—. El único peligro que corres conmigo es desmayarte por los orgasmos que te dé.

No tenía ni idea de qué responder. Los tíos con los que había salido nunca hablaban así. Me había enrollado con unos cuantos y sabía que todos querían sexo ¿qué tío no? Pero ninguno era tan directo…

—Es una advertencia —continuó, dándome un pequeño apretón con el brazo—. No huyas de un lobo. A mi lobo le encanta perseguir, y tú, cariño, lo acabas de complacer.

5

CODY

—No volveré a huir. —Riley me miró con los ojos muy abiertos.

Mantuve la mirada fija en mi tarea: atarla a la cabecera de la cama. Maldita sea, que era mía. No había ninguna duda, sobre todo después de que huyera y mi lobo sintiera tanto su partida y como una necesidad más primaria de perseguirla y hacerla mía, de follarla bien duro. Saber que andaba sin sujetador, con esas tetas firmes rebotando bajo la camiseta, lo hacía más potente. Corriendo y provocando a mi lobo para que fuera tras ella.

La llevé en brazos a la casa, colgada de mi hombro

con un brazo sobre sus muslos, y saqué una cuerda del cuarto de barro de camino al dormitorio.

La dejé caer encima de la cama, lo que hizo que mi lobo aullara de satisfacción, y rebotó una vez antes de empezar a atarle una muñeca. Había mucha holgura; podía moverse y hasta ponerse de pie junto a la cama, pero no iba a volver a escaparse.

Estaba justo donde la quería.

—Lo sé —dije después de calmar a mi lobo.

—Entonces no me amares.

Escuché un matiz de miedo en su voz y frené las manos mientras terminaba el nudo. La miré a los ojos. La conocía de antes como amiga de Tyler. La veía en eventos escolares, por el pueblo con una pandilla de amigos. Nunca tan cerca. Nunca pensé que el color de sus ojos fuera como el mejor whisky, ni que su pulso latiera en el cuello que deseaba lamer, ni que sus tetas fueran tan perfectas y suplicaran que las tocara.

Era joven. Yo no salía con chicas jóvenes. Tenía una vida por delante que yo ya había tenido. Había cumplido mis sueños. Si la hacía mía, le estaría quitando todo eso. La encerraría en una vida con un puto cuarentón.

—Lo hice mal —admití, con los dedos quietos en la cuerda.

—¿Tú crees? —espetó ella, con los ojos oscuros llenos de fuego.

—Tyler me habló de lo que ocurrió en el río —le expliqué.

Abrió la boca, pero no salió ningún sonido.

—He oído lo del beso.

Sus mejillas enrojecieron y apartó la mirada.

—Que a ninguno de los dos os gustó. ¿Es así?

Como era una chica lista, se limitó a asentir.

—Pero él te atraía.

Volvió a asentir.

—Eso es porque es mi hijo y tú eres mi compañera. —Me di prisa porque no había duda de que tenía un millón de preguntas.

Me miró a los ojos y sus cejas se alzaron.

—¿Perdona?

Me subí a la cama al lado suyo. Quería sentarme a horcajadas sobre su cintura, apretarla y explicarme con un beso largo y posesivo, pero ya la había cagado mucho. Si quería hacerla entender, tenía que dejar de asustar a la pobre chica. Una forma de hacerlo era desatarla, pero eso no iba a ocurrir.

Así que seguiría asustandola sin querer e intentando explicárselo al mismo tiempo.

—Cada cambiaformas tiene una pareja única —empecé—. La hembra que la naturaleza considera perfecta para ti. Algunos creen que es el destino, no la naturaleza. Es cierto que es más que una coincidencia biológica. Es una conexión verdadera. Como solo hay una, y tu pareja podría estar en cualquier parte del mundo, la mayoría de nosotros ni siquiera esperamos encontrar la nuestra. —Me pasé los dedos por el pelo—. Como en mi caso. Sobre todo cuando te has quedado en el mismo pueblecito donde creciste y tuviste un hijo.

La mirada de Riley se clavó en mi rostro, pero permaneció en silencio.

¿Tenía rímel o sus pestañas eran así de largas y oscuras por naturaleza? Maldición, estaba perdiendo la concentración. Será mejor que no le mire la boca o todo habrá terminado.

Me aclaré la garganta.

—Uh, mi ex esposa encontró a su pareja. No era yo, obviamente.

No pude evitar mirar a Riley lamerse los labios, sacando su pequeña lengua rosada. Mi pene se achispó. Me dolían las pelotas.

—Entonces...

—Entonces voy a tu casa para llevarte a Missoula para que te borraran de la cabeza el recuerdo de haber visto a Tyler transformarse en lobo y luchar contra el puma, pero en cuanto inhalé tu aroma en la casa, me di cuenta de que me pertenecías.

—¿Y acaso tengo que llamarte papi o algo así? ¿Es esto una fantasía tuya?

Fruncí el ceño al interpretar lo que sugería.

—¿Qué? No, mierda, no me vas a decir papi. Esa no es mi fantasía. Tú eres mi fantasía.

Riley empezó a sacudir la cabeza lentamente.

—Eh, no. Yo no te pertenezco.

Ahora sí cambié de posición, a horcajadas sobre mi reacia compañera. Era mucho más pequeña que yo. Frágil, pero cómo era valiente y atrevida. ¿Será que tenía idea de lo atrevida que era?

—Sí. Eres mi compañera —repetí—. La única hembra que es perfecta para mí.

Gimió, pero sonó más a deseo que a miedo. Parecía una frase para ligar, algo que a una mujer le gustaría oír, pero no lo era, a pesar de que la tenía en la cama, atada, excitada y desprendiendo su dulce aroma que me llamaba.

—Voy a besarte, Riley Abbott —le advertí, incapaz de controlarlo un segundo más—. Y vas a decirme si no te gusta, como cuando besaste a Tyler, o si sientes que acabas de encontrar al único hombre que hace que tu cuerpo cobre vida.

Bajé la cabeza lentamente, dándole tiempo para protestar. Si bien había dicho mucha palabrería, no iba a obligarla a nada para lo que no estuviera preparada por más duro que fuera.

Ella no me detuvo. ¡Sí! Esos jugosos labios suyos se separaron y levantó su cara hacia la mía.

Intenté ir despacio. Intenté contener la agresividad

de mi lobo, que aullaba por reclamarla. Pasé mis labios por los suyos, tomándome mi tiempo con unos cuantos roces sensuales antes de introducir mi lengua en su boca.

Qué sensación. Qué sabor. Qué aroma. DIABLOS.

Pero en cuanto empezó a devolverme el beso, me olvidé de ir despacio. Mi pene se agitó en mi cremallera, presionando en la hendidura entre sus piernas. Meneó las caderas mientras la follaba con la lengua, le chupaba los labios, reclamaba su boca como si alguien intentara robármela.

Cuando rompí el beso, los dos estábamos sin aliento. Estaba seguro de que mis ojos brillaban de color ámbar. Ella tenía la piel sonrojada con un precioso tono rosa. Su aroma era más intenso que nunca.

—¿Entonces? —pregunté. Le pasé el pulgar por su mejilla sedosa. Su cuerpo tembló bajo el mío.

—Desátame —susurró, mirándome con aquellos ojos chocolate. Estaban nublados por el deseo. Gracias a Dios, no estaba indiferente.

—Cariño, la cuerda es para tu protección. Huiste de mi lobo —le expliqué—. No puedes hacer eso a menos que quieras que te folle bien duro.

—¿Me estás diciendo que me ataste a la cama para no follarme?

Por como observó cada centímetro mío con la

mirada, no estaba seguro de si preguntaba porque no quería o porque sí.

—No sin tu consentimiento.

Eso no era un no. Era un por ahora no.

—Esto no tiene sentido. Que me ataras a una cama dice a gritos que quieres follarme bien duro. —El descaro en su voz me hizo querer dominarla más. Azotarla y volverla a follar. Una y otra vez. La sangre se me acumuló en la verga, y era posible que me corriera solo con que dijera la palabra «follar» con su voz suave y entrecortada. Flexioné las caderas, presionándola. Ella se levantó y gimió. Yo gruñí.

—Quiero hacerlo —dije.

Era mucho más joven, dulce, inocente y ajena a las dificultades de la vida, esas que quería cargar por ella, pero corrió. Huyó. En una manada, eso significaba: A que no me atrapas. Quiero que me sometas, me hagas tuya y me uses.

Riley no era una cambiaformas. Pero era mía. Eso significaba que quería que yo hiciera todas esas cosas, aunque fuera inconscientemente. Por ahora. Dentro de poco, cuando la reclamara, me lo suplicaría. Ella sabía que le iba a gustar que yo mandara, que le diera lo que necesitaba, por más sucio que fuera.

Resopló.

—Bueno, yo no.

Arqueé una ceja, escudriñé su hermoso cuerpo, vi sus pezones sobresalir de la camiseta.

—Mentirosa. —Le señalé las tetas y luego hice un círculo con el dedo.

Bajó la mirada y sus mejillas se sonrojaron de un bonito color rosado mientras se tapaba la evidencia con el antebrazo.

—No estoy mintiendo.

Respiré hondo.

—Cariño, además de esos pezones haciendo acto de presencia para mí, puedo oler tu excitación. Estás goteando.

Se quedó con la boca abierta mientras se retorcía porque sabía exactamente lo que quería decir.

—Claro que... Claro que no.

Me encogí de hombros.

—Bien. No estás mojada por mí. Entonces demuéstralo.

Ladeó la cabeza.

—¿Que lo demuestre?

Asentí, me senté sobre los talones y crucé los brazos sobre el pecho.

—Veamos qué tan mojada estás.

Levantó una mano.

—No me vas a tocar el coño.

Levanté la barbilla.

—Hazlo tú entonces.

—Estoy atada a la cabecera —recordó con más descaro, levantando la muñeca con la cuerda colgando.

—Con un solo brazo, y hay bastante espacio. Usa cualquiera de las dos manos. Mete esos dedos dentro de ese dulce coño y muéstramelo. Si no estás excitada por mí, por esto, entonces...

—Entonces me liberas —intervino ella—. Y me voy a casa.

Este era un trato que ella no iba a ganar. Sabía que estaba mojada. Podía oler su picante y dulce excitación en el aire. Se me hizo agua la boca de ganas de probarla.

Me incliné y apoyé las manos en el cabecero, a ambos lados de su cabeza, para que nuestras caras estuvieran cerca y que me cerní sobre ella. Lo único que podía ver era a mí. Unos centímetros más y nos volvíamos a besar.

—Si estás derramando esa miel y te llenas los dedos, entonces tengo que lamerla. Toda. Desde la fuente.

Ocurrieron tres cosas a la vez: tragó saliva y me la imaginé metiéndose mi pene hasta el fondo de su garganta; se humedeció más, su aroma era casi embriagador; también gimió y me entró la duda de si se la habría comido un tío.

Madre mía. Me agarré a un tronco de la cabecera. Si no fuera tan grueso, habría partido la madera.

¿Es que acaso era...?

¿Olía tan dulce porque era casta?, ¿porque estaba intacta y era toda mía?

Gruñí, y la verga me chorreó líquido preseminal.

—¿Eres virgen, Riley? —pregunté, las palabras crudas y profundas, saliéndome a borbotones, tan ansioso por escuchar la respuesta.

Se sonrojó y apartó la mirada.

Diablos, sí lo era.

—Ay, cariño.

—Sé que no debería serlo, pero no se me da bien, ¿vale? —dijo, con la cabeza hacia un lado.

Confuso, fruncí el ceño. Parecía avergonzada. ¿Por qué iba a sentirse así por no haberse follado a un estudiante de instituto cachondo cuando sabía, en el fondo, que me había estado esperando?

—¿Cómo puedes ser buena en algo que nunca has hecho? —le pregunté, estirando la mano y metiéndole el pelo detrás de la oreja. Lo sentí como seda entre mis dedos.

—Eso dijeron —susurró.

Me quedé helado y mi lobo se puso en alerta.

—¿Dijeron? —Mi voz era oscura y mortal, pero ella no se dio cuenta. ¿Quién diablos había dicho eso?

—Chicos con los que salí. A los que besé —explicó —. Me dijeron que era gorda... Que era fría, aburrida, que no merecía la pena...

—Deja de hablar —le dije.

Recordé lo que dijo Tyler sobre el beso. Él no mencionó que ella le pareciera gorda o fría. Pero el beso había sido malo. ¿Le había validado los sentimientos mi propio hijo? ¿Y eso de aburrida? Ella brillaba tanto que esos chavales se habían quedado ciegos. Sin duda se sentían menos en su presencia y cargaban sus problemas en ella. Bueno, yo iba arreglando esa mierda ahora mismo.

Su mirada se cruzó con la mía al oír mi tono.

—¿Ves? Un beso y ya estás de acuerdo con...

Corté sus palabras como si mi lobo diera un zarpazo en el aire.

—Estoy enfadado porque les creíste.

Y porque esos chicos habían tocado lo que era mío, aunque sonara a tonteo juvenil y nada más.

—Yo...

—Eran ellos los que no merecían tu tiempo. Incluyendo a Tyler.

Alargando la mano hacia abajo, presioné mi pene con la palma de la mano por encima de mis vaqueros.

—¿Ves esto? —le pregunté, y su mirada creció cuando se dio cuenta de lo grande que era—. Es todo para ti, cariño. Me la pones tan dura. No eres fría ni gorda, que es la cosa más tonta que he escuchado en mi vida. Con solo un beso no quiero dejar que te levantes nunca de esta cama. Ahora enséñale a tu compañero lo mojada que estás —le ordené. Como seguía mirándome con los ojos muy abiertos, añadí—: Hazlo.

Como si se moviera en cámara lenta, Riley metió la mano por debajo de los leotardos y, mierda, qué espectáculo. Supe que había metido un dedo porque su espalda se arqueó. Cuando por fin sacó la mano, la agarré suavemente por la muñeca y la mantuve en alto entre los dos. Le brillaba. Casi goteaba.

Era el espectáculo más bonito de todo el puto mundo. Mi compañera estaba empapada.

—Maldición... Esta miel pegajosa demuestra que no eres fría. Estás excitadísima. Y por mí. Los chavales del instituto son unos críos tontos. Lo que necesitas es un hombre. Un hombre de verdad. A mí. Tu cuerpo lo sabe.

Entonces me metí esos dedos en la boca y chupé.

6

RILEY

Dios mío. Sentir su lengua húmeda y la succión de su boca en mis dedos fue lo más erótico que había sentido en mi vida. Estaba tan pero tan mojada por él. Era como si mi vagina tuviera un hoyo o algo porque tenía los muslos chorreados.

Mi vaginasufría, el clítoris me palpitaba de necesidad por ese hombre. ¿Por qué? Era como si mi libido tuviera un interruptor apagado hasta que lo conocía a él. La razón por la que no me había gustado besar a Matt Hutchins en undécimo curso o a Ethan Zibarsky el año pasado era porque no había tenido ningún interés. Ninguno. Al igual que con Tyler, no había sentido nada. Nunca sentí deseo ni me mojé.

Pero una profunda y gruñona orden de Cody McIntire y ya estaba empapada. Necesitada. Dios, ansiaba todo lo que decía y más. En ese instante lo imaginé callándome la boca con su pene. Lamiéndome los jugos desde la fuente. Ambas posibilidades, y otras, me venían bien.

Nunca, jamás imaginé que me excitaría que me follaran por la garganta, pero es que tampoco esperaba chorrearme literalmente por el padre de Tyler. Eso ni siquiera incluye el hecho de que me persiguió cuando corrí. Que me persiguiera y me atrapara. Había sentido la viga de acero en sus pantalones mientras me pegaba a su cuerpo. Todo eso fue antes de que me atara a la cama.

Que me atara a mí a la cama.

Aparentemente, tenía una fantasía con el secuestro por parte de un desconocido. Una fantasía con la captura. Una necesidad de ser dominada. Un fetiche con un hombre mayor. Una necesidad *sobrehumana*, aunque no iba a pensar demasiado en eso ahora mismo. Todo el asunto de la compañera era alucinante, pero daba igual. Me daba tantísimo igual porque un hombre guapísimo y experimentado me estaba chupando los jugos del coño de los dedos. ¿Debía dejar que esto siguiera? Le había dicho que no quería que me follaran y él sabía que le había mentido. Ahora lo sabía con certeza porque tenía como una fuente ahí abajo, y me retorcía y gemía como una estrella del porno, nada más con que se metiera los dedos a la boca.

¿Estaba loca por cambiar de parecer? ¿Tan bueno era Cody? Por supuesto que lo era. Supuestamente había estado con cada mujer disponible en el pueblo. Sin duda todas respondían a él de la misma manera que yo.

¿Me importaba? No si seguía con lo que estaba haciendo. Dios, nada más su boca se sentía tan increíblemente bien. Cómo sería él saboreándolo de la fuente, y eso significaría que yo tendría un orgasmo alucinante con un chico. Sucedería, sabría lo que era y luego seguiría con mi vida. Puede que quisiera la casita soñada, pero también era realista. ¿Era lo de perseguir y la pareja eterna uno de sus trucos favoritos? ¿Estaba diciendo las mismas frases para conquistar de siempre? Tenía que recordarme a mí misma que no iba a conseguir nada especial con Cody porque estaba segura de que les decía las mismas cosas a todas las chicas.

Era hora de ponerme las bragas de niña grande (o quitármelas) y recordarme a mí misma qué era esto: diversión y mucha perversión.

La gente tenía sexo después de conocerse en un bar o por medio de una aplicación de citas. Hasta había unas nada más que para quedar y follar. En esas la gente tenía la intención de follar y olvidar, tal vez incluso sin darse los nombres reales. ¿Por qué no podía hacer eso ahora con un chico que sabía que era seguro? Bueno, más o menos seguro. Un chico que me deseaba, que sabía lo que hacía, que, claramente, basándome en el impresionante bulto, tenía una verga grande- Seguro que tenía la energía necesaria.

Tenía diecinueve años. Quería tener sexo. Quería tener un orgasmo con un hombre. Quería saber cómo era. Tal vez Cody tenía razón, Matt, Ethan y Tyler eran unos niños.

Ver a Cody lamerme los dedos fue tan carnal. Ver la cuerda alrededor de la muñeca que sujetaba me recordó que no tenía elección. Bueno, la tenía. Él no iba a hacer nada sin mi consentimiento. Eso había dicho. El tema era que esas palabras y la cuerda eran contradicciones. El hecho de que no fuera a tomar lo que no le ofreciera libremente, aunque estuviera atada a su cama, era tranquilizador, liberador.

Quería hacerme todo tipo de guarradas, y yo tenía la última palabra. Podía dejarme llevar por lo que me excitaba y fingir que no me estaba dando. Que realmente estaba capturada, que realmente estaba atada a una cama para saciar sus necesidades.

Diablos, eso sonaba rico. Probablemente esto era una mala idea, pero era una mala idea con los orgasmos. Se daría cuenta de que no era su pareja o diría ¡es broma! o lo que fuera, y yo estaría de vuelta en el mundo de citas de la universidad con mi chica allá abajo perforada y expectativas realistas de futuros amantes. ¿Por qué perderla con uno torpe e inexperto cuando podría tener... esto? Diablos.

Lo de la pareja eterna no tenía sentido, pero entendí lo que significaba una verga dura. Cody me deseaba a mí. ¡A mí!

Podría usarlo. Era el padre de Tyler. No había nada real aquí. Tendríamos el día de hoy. Ahora. Después se acabaría. Ya no sería virgen y sabría cómo era el sexo de verdad.

No era complicado si no lo hacía así.

Tendría sexo con Cody y luego seguiría con mi vida.

—Mentí. Sí quiero. Por favor —susurré, deseosa de finalmente perder mi virginidad. Él lo haría bien. Haría que fuera travieso. Jamás pensé que lo quería así.

Dejó de chupar. Siguió sujetándome la muñeca, pero sacó mis dedos de su boca.

Su acalorada mirada sostuvo la mía.

—¿Por favor qué, cariño? —Su voz era más grave y áspera, como un estruendoso derrumbe.

—Por favor, haz lo que dijiste.

—¿Qué he dicho?

Me lamí los labios y le observé. Sus ojos cambiaron de azul a ámbar. Casi que le brillaban.

—Que me probarías desde la fuente.

Y que luego me follarías.

—Tu dulce coño.

Se me puso la piel de gallina mientras asentía con la

cabeza y me retorcía. No podía frotar los muslos porque él estaba a horcajadas sobre ellos.

—Me escapé —admití—. Mentí con lo de no estar mojada.

Sus ojos se entrecerraron, estudiándome, pareciendo adaptarse sobre la marcha.

—Te has portado muy mal.

Me mordí el labio porque nunca me habían dicho eso, y menos de esta manera. Asentí con la cabeza.

—Lo sé. Hasta tuviste que atarme. No puedo escapar.

Dios mío, ¿qué estaba diciendo?

Se movió en la cama, cogió la cintura de mis leotardos y me los bajó lentamente, desnudándome ante él centímetro a centímetro. Después de tirarlos al suelo, colocó sus anchos hombros entre mis muslos. Me subió el dobladillo corto de la camiseta y mis pechos quedaron al descubierto. Miré su hermoso rostro entre mis piernas.

—Y tú no quieres. Te voy a comer el coño, cielo. Un hombre de verdad te va a lamer hasta devorarte toda, y luego te vas a volver a correr. Voy a hacer que te corras. Y tú lo aceptarás. Vas a aceptar todo lo que te haga.

Lo único que pude hacer fue asentir porque *sí, por favor*.

—¿Ha estado alguien aquí antes? —preguntó, soplándome la piel acalorada con su aliento.

Negué con la cabeza, casi sin respirar.

—Hostia puta —murmuró. Cerró los ojos brevemente, luego posó la boca en mí.

—¡Demonios! —grité, echando la cabeza hacia atrás sobre la almohada.

Qué lengua. Me lamió, succionó y chupó cada centímetro de mi carne sensible. Encontró mi clítoris y chupó, haciendo que mis caderas se arquearan. Levó las manos al interior de mis muslos y los abrió.

Nunca había sentido nada igual. Nunca imaginé que estaría tan abierta y expuesta ante alguien. ¡Madre mía, era el Sr. McIntire!

Mi mano, la de la muñeca atada, fue a su pelo. Se lo halé, luego lo empujé hacia mí porque se sentía muy rico. Eran como ráfagas de fuego. Unas lamidas que... Dios mío.

Cuando sentí un dedo rodeando mi entrada, me contraje y me corrí. Grité, me sacudí y le acabé en toda la cara.

—¡Cody! —gemí.

Pegado a mi coño, sentí su gruñido. Sentí su necesidad. No aflojó, sino que hizo lo contrario: un dedo excavó dentro de mí y se dobló hacia...

—¡CODY! —gemí. Menos mal que estábamos en el bosque. Los vecinos llamarían a la policía con los ruidos que hacía. Dios, la policía. Mi padre.

—Otro —murmuró Cody mientras seguía frotando

algún punto increíble dentro de mí. Los pensamientos sobre mi padre... o cualquier otra cosa, se desvanecieron.

Balanceé las caderas contra su cara intentando que la deliciosa sensación siguiera y siguiera y...

—Ahí. Ahí. ¡Justo ahí!

En lugar de continuar, aflojó. Levanté la cabeza y le miré.

—¿Por qué...? ¿Por qué has...?

Tenía la barba llena, empapada de mí. Los labios le brillaban.

—Estoy a cargo de este coño, cariño. Es mío. Todo mío.

—Vale, de acuerdo. Tu coño. Ahora haz que me corra — muy irritada y con ganas de que continuara. Estábamos jugando a juegos sexuales. Todo el asunto de la captura, la chica que se portó mal. Toda la vena posesiva. Le seguía el juego si con ello conseguía un orgasmo.

Bajó la cabeza y volvió a su tarea. No tardó mucho, era así de bueno. Volví a correrme, luego otra vez, entre gemidos. Luego perdí la cuenta.

—Qué virgen tan traviesa —murmuró, mientras yo me desmayaba de placer.

7

———

CODY

—¿Sɪɢᴏ drogada? —murmuró Riley, con los párpados abiertos.

Acababa de darle más orgasmos de los que podía soportar, y su cuerpo estaba flácido y pesado por el placer.

Mi verga me palpitaba de necesidad, pero no iba a sacármela, no con una virgen de la mitad de mi edad. Y menos con una a la que había drogado y atado a la cabecera de mi cabaña. Ni por que fuera mi compañera lo haría antes de que estuviera lista, sea lo que sea que dijera o cuantas veces se corriera.

—No, cariño. Estás en éxtasis orgásmico. —Le desaté la muñeca, besando la piel irritada, sintiéndome culpable por faltarle el respeto a mi compañera de esa manera.

Ahorita no se iba a escapar, eso estaba clarísimo, pero no necesitaba tener la piel enrojecida y dolorida como recordatorio. Lo que habíamos hecho no había sido un castigo de verdad, y la única parte de ella que estaría enrojecida y dolorida era su culo.

Pero lo había disfrutado. No tenía ninguna duda de que le había dado a Riley lo que quería.

Se apoyó sobre los codos e intentó mirarme entre los pesados párpados. La camiseta se le había subido y exhibía sus preciosas tetas. Esas que aún tenía que saborear.

—Cody. —Oí toneladas de aprehensión en la forma en que dijo mi nombre.

—Sí, cariño.

—Quiero que me quites la virginidad.

Me quedé quieto mientras mi lobo aullaba de placer por su sucia súplica con las piernas abiertas alrededor de mis hombros, el coño hinchado y el clítoris asomando. El destino sabía que yo quería. Quería hacerla estallar. También quería marcarla con mis colmillos. Hacerla mía para siempre.

—¿Lo sientes? —La estudié. No estaba seguro de hasta qué punto un humano podía comprender la atracción de una pareja predestinada. Los lobos lo sabían inmediatamente por el olor. El sentido del olfato de los humanos no era tan refinado. Pero ella debía sentir algo: la respuesta de su cuerpo era innegable—. ¿Te das cuenta de que soy tu pareja?

Su ceño se arrugó ligeramente.

—Tú eres el que quiero que me quite la virginidad.

Fruncí el ceño. Las alarmas estaban sonando. Su cuerpo estaba de acuerdo, vaya que lo estaba, pero sospechaba que su mente no lo estaba todavía. Sentía la atracción, pero no entendía lo que significaba. Ella quería que yo fuera el indicado, el de su primera vez. Nada más.

Estaba claro que ella no sabía la profundidad de lo que yo quería de ella, o más bien necesitaba. Ella entendía que yo era su pareja. No entendía lo que significaba estar apareada ni que los lobos se apareaban de por vida. No sabía que, si no la marcaba pronto con mi olor, podría volverme loco. Ella no sabía que una vez que la marcara, no habría forma de deshacerse de mí. Estaría atada a mí por el resto de su larga vida.

Por más que quisiera follármela, mi conciencia me exigía asegurarme de que entendía lo que estaba pasando. Apenas era una adulta. Nunca había tenido sexo. Me resultaría muy fácil avasallarla, pero no iba a hacerlo. Además, no sabía que existían los cambiaformas hasta hacía unas pocas horas, y los compañeros de por vida hasta hacía unos minutos.

—No —solté entre dientes.

—¿No? —Abrió mucho los ojos. Abrió y cerró la boca varias veces antes de decir—: ¿Cómo que no?

—No voy a follarte. —Si mi lobo pudiera hacerme daño, me arrancaría las entrañas por haber dicho eso.

—¿Qué qué? —Intentó echarse hacia atrás, pero le agarré los muslos desnudos—. ¿No me trajiste aquí para eso? —Me miró con expresión de confusión y un poco de alarma.

—Yo no drogo a mujeres para tener sexo —gruñí. Esa pregunta era otra prueba de que no tenía ni idea de la profundidad de la situación.

—Hagámoslo —continuó—. Dijiste que había estado con críos. Quiero que un hombre de verdad me folle por primera vez.

Incliné la cabeza hacia el techo. Gruñí.

—Me estás matando, cariño.

Yo quería eso, pero no era suficiente. Lo quería todo con ella. El que ella no comprendiera era muy frustrante, sobre todo cuando me pintaba como un asqueroso o un pervertido. O un imbécil. Su rápido giro de ciento ochenta grados también demostró que no estaba pensando en el panorama general. Ella lo veía como sexo, satisfacción y luego... ¿adiós?

¿Un polvo? ¿Qué le abriera la flor? Eso no iba a pasar,

¿Estaba feliz de que ella quisiera eso conmigo? Demonios, sí. La pregunta era, si se lo negaba, ¿se iría con otro?

Ni de coña.

Tenía los ojos fijados en el contorno grueso de mi pene haciendo presión dentro de mis vaqueros y probablemente en una mancha de líquido preseminal que crecía por momentos.

Esperé hasta que su mirada volvió a encontrarse con la mía.

—Te he saboreado y he olido tu aroma. A mi lobo le ha encantado satisfacerte. Así que, por ahora, estoy bien.

—Pero...

—No —repetí, más por mi lobo que por ella.

Levantó la barbilla.

—Si no vas a tener sexo conmigo, entonces llévame a casa.

Estaba desnuda de cintura para abajo. Su coño estaba mojado e hinchado, ¿y quería irse a casa? Jamás iba a olvidar cómo se corrió en mi lengua, ni su sabor, ni su cara, ni sus gemidos. Satisfacer a mi compañera de por vida por primera vez era uno de los objetivos de mi vida.

—Prometo que no le diré a nadie lo de Tyler ni lo que pasó. Podemos olvidarlo todo. No tienes que borrarle la mente o lo que sea.

—¿Todo porque no quiero follarte?

Se encogió de hombros.

—Sí. No tiene sentido lo que dices. ¿Qué hombre no quiere tener sexo? Tal vez yo soy...

—No —le dije antes de que volviera a hablar mal de sí misma. Demonios, ¿la estaba haciendo dudar de lo buena y deliciosa que estaba? ¿Era yo peor que esos críos?

Maldición.

—Me drogaste —recordó—. Me trajiste a una puta cabaña en el bosque. ¿Vas a tenerme encerrada el resto de mi vida?

Fruncí el ceño ante la estupidez de la pregunta. Aunque si todo lo que veía sobre secuestros era en programas de televisión, quizá sacara esa conclusión. Pero no me tenía miedo. Acababa de comérmela, por amor de Dios.

—Por supuesto que no. Solo te traje aquí para... —Callé. Mi razonamiento no estaba tan claro. Mi instinto de lobo me llevó a traerla a un lugar apartado, algún lugar donde pudiera hacer lo que quisiera con ella, como marcarla. Pero ella no estaba preparada para eso, y yo me había estado engañando a mí mismo pensando que lo estaba. No la iba a hacer mía hasta que lo entendiera completamente. Hasta que me deseara tanto como yo a ella, y no solo sexualmente.

Era mi compañera. Sabía que era la indicada para mí. Solo necesitaba que ella también lo viera.

—¿Para atarme y hacer que me corriera?

Arrugué los labios.

—Bueno, sí, eso.

Ella frunció el ceño.

—Pero no vas a tener sexo conmigo. Soy algo seguro, Cody. —Agitó el brazo—. Sin ataduras. —Tuvo la audacia de mirar la cuerda que seguía atada al cabecero—. O ya no.

—¿Quieres... qué? ¿Follar y que luego te lleve a casa? ¿De eso crees que se trata esto?

—Sí. Follamos y me llevas a casa.

Maldición, la había cagado.

—Olvido que me drogaste y planeaste borrarme la mente porque vi a Tyler convertirse en lobo —añadió—. He prometido no contarlo.

—¿Es esto un nuevo trato, cariño?

Podría tener la capacidad de negociar conmigo, especialmente cuando le daba orgasmos por el arreglo, pero no había compromiso con Rob Wolf. O la reclamaba yo o le borraba los recuerdos. Y punto.

Se encogió de hombros.

Si tuviéramos sexo, basado en su respuesta, no querría tener nada que ver conmigo. Eso no iba a pasar. Ella quería sexo. Quería mi pene, no a mí.

Aquí no había negociación. Tenía que concederlo todo, menos el sexo. No lo iba a tener ahora, por lo menos hasta que lo supiera todo y quisiera ser mía y me suplicara que la reclamara.

No le iba a negar el placer —diablos, verla correrse era una de las cosas más eróticas de la historia—, pero no le iba a dar mi verga. Tenía que hacerle ver que su vida ahora estaba conmigo, pero llevarla a la cabaña no era la forma en que debía hacerlo. Necesitaba ser paciente, lo cual era una mierda. Creí que era un hombre paciente, pero Riley me ponía rabioso.

—Si no me llevas a casa, mi padre se enterará.

Esa fue una amenaza que no había considerado. También era una buena.

—Mierda.

Era adulta, pero seguía siendo la niña de Kyle Abbott y él no querría que la olfateara, y mucho menos que me la comiera. Yo era demasiado viejo para lidiar con semejante situación.

Suspiré.

—Con lo que pienso hacer contigo, seguro que tu padre me pega un tiro.

—Lo bueno para ti es que estará en Bozeman testificando en un juicio los próximos días.

Gracias a Dios. Tenía un indulto por haber recibido un disparo —y curarme de una herida de bala. Necesitaba tiempo para cortejar a Riley, para ganármela, darle suficientes orgasmos para que entendiera que era mi compañera predestinada, para que entendiera que era mía para siempre.

Estaba arriesgando mucho. Estaba seguro de que no podía dejar que alguien le lavara el cerebro. Tendría que ocultarle a Rob que no lo hice hasta que pudiera marcarla. Tendría que enseñarle sobre los cambiaformas, dándole los conocimientos que podría utilizar para destruir a toda la manada. Tendría que satisfacer sus necesidades sexuales sin comprometerme por más que me dolieran los huevos. Tenía que lograr que fuera mía antes de que su padre volviera a casa y antes de que Rob se enterara.

—Vale. Te llevaré a casa. —Me levanté de la cama, me agaché y cogí sus leotardos.

Me miró, escéptica, mientras los cogía. Como si no la hubiera drogado, secuestrado y atado a la cama solo para dejarla ir.

—¿No te importa no borrarme la memoria?

—No habrá borrones de memoria. No se lo digas a nadie —advertí.

Con un movimiento de cabeza, dijo:

—No lo haré. —Tristemente, empezó a ponerse los leotardos.

—Nada de follar con otros tíos nada más que para perder tu virginidad.

—Tú no la quieres —respondió ella con malicia.

—La quiero, pero primero nos divertiremos.

Los ojos le brillaron de deseo.

—¿En serio?

—Es una promesa, cariño. —Hice un círculo con el dedo en el aire—. Hasta entonces, todo esto es un secreto.

Se quedó pensando.

—Sí, probablemente tengas razón. Somos un secreto.

Me incliné para besarla y me encantó que me dejara. La cogí de la mano y la conduje fuera del dormitorio hasta mi Jeep.

La luna casi llena se alzaba en el cielo como mi diosa benévola. La deidad que acaba de concederme un deseo que ni siquiera me había atrevido a pedir.

Le abrí la puerta y la ayudé a entrar. Cuando di la vuelta y me senté en el asiento del conductor, me miró.

—¿Quién más es un lobo? —Antes de que pudiera responder, jadeó—. ¡El Rancho Wolf! ¡Dios mío! ¿Todos los del Rancho Lobo son cambiaformas también?

Mierda. No solo tenía que convencer a Riley de que era mía, también tenía que convencer a Rob de que ella era mía, porque me iba a dar una golpiza por no borrarle los recuerdos y porque ella estaba empezando a indagar quién más en Cooper Valley podría ser un cambiaformas. Se iba a poner como loco al saber que el que ella supiera podría traerle peligro a su rancho.

También iba a darme una paliza por andar dándole orales a la humana en vez de seguir sus órdenes. Lo entendería cuando supiera que era mi compañera. O esperaba que así fuera.

8

RILEY

ÍBAMOS DE REGRESO al pueblo en silencio. Mi mente estaba abrumada y confusa. ¿Eran ilusiones mías ver a Tyler convertirse en lobo? ¿Me estaba volviendo loca? No me había imaginado acabar en una cabaña en el bosque con Cody, y mucho menos no me lo había imaginado poniéndome la boca y lamiéndome hasta alcanzar múltiples orgasmos.

Me hormigueaba el coño de tanto placer, pero también me dolía por el deseo de más.

Sí, esa era la realidad.

¿Qué hombre drogaba y secuestraba a una mujer, luego se la chupaba y no quiere reciprocidad? No entendía a Cody. Era rudo y dominante, pero también atento y aparentemente protector y cariñoso.

Le dirigí la mirada. Tenía la muñeca apoyada y relajada en la parte superior del volante mientras avanzábamos por el camino de tierra. Tenía la mirada fija hacia delante. De perfil, era muy guapo. Ningún hombre que yo conociera podía dejarse bigote, y mucho menos barba. El suyo era suave —el interior de mis muslos sabía exactamente lo suave que era— y yo quería estirar la mano por encima de su Jeep y tocarlo.

Este hombre me deseaba a mí. ¡A mí! Pero me estaba devolviendo al pueblo porque habíamos negociado. No iba a decir una palabra a nadie sobre lo que había pasado hoy con Tyler. ¿Quién me creería? Tampoco le iba a contar a nadie lo de Cody porque hasta hacía unas horas, él era el Sr. McIntire.

Mis amigas se pondrían celosas, porque era un DILF, pero también pensarían que estaba loca. Era mayor, tendría unos cuarenta. Tenía un hijo de mi edad. Yo estudiaba en la universidad. Tenía toda mi vida por delante. Quería tener la casita, el perro, los hijos. Desde que mi madre se fue cuando yo tenía siete años, todo lo que quería era una madre que estuviera presente. Llegar a casa de la escuela y que me recibieran con abrazos y bocadillos, que alguien me ayudara con los proyectos de la feria de ciencias y los peinados, que me enseñara a afeitarme las piernas. Todas las cosas que hacía una madre. Bueno, excepto la mía. A ella no le había interesado nunca. Mi madre y mi padre salieron y tuvieron un embarazo accidental. Yo.

Pero mi padre no era el único con el que ella había salido mientras estaban juntos. De lo que me enteré por mi padre, y por todo el pueblo, mi madre era una descarriada. Era una zorra promiscua. Era una fácil. Esas eran todas las palabras que había oído asociadas a ella a lo largo de los años. Susurros a mis espaldas y algunos en mi cara. Yo no menospreciaría a una mujer por desear el sexo tanto como un hombre —de ahí mi enfado con el término de mujeriego frente a zorra—, pero eso no incluía engañar o abandonar responsabilidades.

Mi padre había hecho todo lo posible, pero estar en el baño con él enseñándome a usar una maquinilla de afeitar daba risa.

Él me amaba. Eso nunca se puso en duda. Pero se quedó hastiado del amor y las relaciones amorosas después de que ella nos abandonara por un fotógrafo de viajes que pasaba por la ciudad. No tenía ni idea de cómo era el amor de verdad, pero sabía que lo quería. Quería a alguien que fuera mío, que me quisiera a mí y me cuidara. Que me pusiera en primer lugar.

Tal vez había sido bueno que Cody y yo no hubiéramos tenido sexo porque si hubiera una fotografía de un mujeriego en el diccionario, ese sería él. Mi cabeza se había nublado por la lujuria porque era demasiado talentoso. Mi juicio se había nublado.

La cosa era que los mujeriegos follaban. Ese era el punto de ser un mujeriego. Cody ni siquiera se había desnudado. No lo había tocado ni visto su pene. Me dio orgasmos. Ahora sabía que no era nada fría. Sabía que Matt y Ethan no tenían ni idea de qué hacer en la cama. Debería agradecerle a Cody por eso.

Mientras frenaba el Jeep y giraba por mi calle, yo seguía pensando.

Y aquí estaba yo, la virgen, a quien nunca un chico le había hecho más que besarle la boca. Luego un par de acciones agresivas y palabras de Cody y quería tener sexo. ¿Fue así como empezó mi madre? ¿Cómo se sentía con los hombres? ¿Deseosa de pene?

Dios mío, era una zorra cachonda. Una zorra virgen, lo cual era casi imposible, pero aun así... Quería hacerlo duro y sucio.

Redujo la velocidad y aparcó el Jeep delante de la casa de mi Nana. Se giró para mirarme.

Me aclaré la garganta. ¿Qué le decía a un hombro que había enterrado la cara entre mis muslos y luego no quería follarme?

—Gracias, Sr. McIntire —balbuceé. Vaya, qué tacto —. Eh, esto... Nos vemos.

Cuando, nerviosa, levanté los ojos hacia los suyos al quedarse callado, noté que tenía la mandíbula apretada.

—Cody —corrigió y luego me señaló—. Mejor eso.

Se bajó del coche y vino a abrirme la puerta. Hasta acercó la mano y me desabrochó el cinturón. Percibí su aroma a limpio y un poco picante. Vi las motas grises en sus sienes. Noté lo carnosos y perfectos que tenía los labios. Nos habíamos besado.

Si me inclinara, podría volver a hacerlo.

No, teníamos un trato. Me trajo a casa. Ni folladas ni andar contando.

Me llevó por el pasillo, con la mano en la parte baja de la espalda.

—¿Cuál es el código? —preguntó, refiriéndose a la cerradura sin llave que mi padre había puesto en la puerta de mi Nana para que pudiéramos entrar con solo un código numérico en caso de emergencia.

—Seis-dos-cuatro-siete —dije.

Lo ingresó y me abrió la puerta.

—Tengo que ir a trabajar —comentó.

—Vale —dije, dándome cuenta de que era cerca de la hora de cenar. Atendía Cody's Saloon. No solo lo atendía, era el dueño—. Gracias por el... rato interesante.

Se inclinó hacia mí y me besó. Gruñó. Olfateó.

—Vendrás al bar esta noche.

Mis ojos se abrieron mucho de sorpresa.

—¿Cómo?

—Ya me has escuchado.

—No puedo.

—Sí puedes.

Qué voz más persistente.

—Además de no tener veintiún…

—Sí puedes —dijo, cortándome—. Es legal. Simplemente no puedo servirte alcohol.

No sabía por qué su invitación —o más bien orden— me excitaba. Ir a un bar no era la gran cosa. Aunque en este caso lo era. El Cody's Saloon era el único bar del pueblo, y todos los de mi edad se morían por tener la mayoría de edad para ir de fiesta allí. Era la mejor y única vida nocturna del pueblo. Era el lugar donde tocaban los grupos, la gente bailaba y se ligaba entre copas a raudales. Hasta había escuchado hablar del toro mecánico. Tenía que admitir que ese era parte del atractivo de Cody, que era el legendario dueño sexy del bar. El anfitrión de los ligues y los buenos momentos de Cooper Valley.

Y yo le gustaba.

Me estaba ordenando que fuera a su bar. Era casi demasiado bueno para ser verdad, lo que significaba que realmente lo era. ¡Era un mujeriego que me drogó! Tenía que evitarlo y dejar que mi nuevo impulso sexual me llevara de vuelta a los chicos de mi edad.

—…y porque tengo planes —dije, terminando la frase.

Su ceño se arqueó como si pensara que le estaba mintiendo o inventando otra excusa para evitarle.

—Voy a ir a jugar bolos con mis amigas Alice y Wendy.

—¿Bolos? —repitió, con la boca ladeada, claramente sin esperar esa respuesta.

Asentí con la cabeza.

Sus ojos azules se clavaron en los míos y nos quedamos mirando con los sonidos del vecindario, un cortacésped y un pájaro piando en un árbol, de fondo.

Finalmente, bajó la cabeza y rozó sus labios con los míos.

—Te veré pronto entonces.

Me recosté en la puerta después de cerrarla tras de mí.

Cody McIntire era taaaan confuso. Un mujeriego se acostaba contigo rápidamente y luego te dejaba en la puerta con un «nos vemos pronto» que no decía en serio.

Cody se había negado a quitarme la virginidad. Se negó a tener relaciones sexuales con una virgen, lo cual, por los libros románticos y el porno, era algo que ningún chico rechazaba.

Pero él lo había hecho.

¿Y eso significaba que en verdad me vería pronto?

Levanté los brazos, dándome por vencida.

9

CODY

En el reparto de cerveza faltaban cuatro barriles. Una camarera pidió el día por estar enferma. Alguien se cagó y atascó el inodoro del baño de hombres. Todo eso pasó antes de las ocho. Luego empezaron a llegar clientes a cascoporro y yo estaba ayudando detrás de la barra, intentando seguirles el ritmo a los pedidos. Aparte del inodoro atascado, no fue para tanto. Otra noche más siendo el dueño del único bar del pueblo.

Lo único diferente esta noche era que tenía una compañera predestinada. Bueno, tenía las putas pelotas azules, pero no podía evitar sonreír como si hubiera echado un buen polvo. El sabor de Riley estaba en mi lengua, empapado en mi piel. Conocía sus gemidos cuando se corría y las caras que ponía cuando le daba placer.

Mi pene palpitaba ante la idea de que yo era el primer tío que lo había hecho. El primero y el único.

Pero ahora ella se iba a jugar a los bolos con sus amigas. Mi lobo no entendía ese concepto, no le gustaba que estuviéramos separados. Él quería buscarla. Perseguirla en modo ultra primitivo. Mierda, ahora también estaba pensando en follarme ese agujero virgen.

Algún día.

Algún día tendría cada centímetro de ella.

Esperemos que antes de la luna llena, porque la tensión que se avecinaba nos iba a poner frenéticos a mí y a mi lobo. Saqué otra cerveza y la coloqué en la bandeja con las otras tres, eché a un lado la hoja de pedido húmeda que había al lado y la coloqué en la zona de recogida para Wanda, una de las camareras.

Al volverme para atender al siguiente cliente, me encontré con que no era un cliente esperando por otra jarra, sino Rob Wolf y su compañera.

Mierda.

Estaba recostado en la barra, tan despreocupado como siempre, con un brazo sobre la cintura de Willow. Como si la música country a todo volumen no le molestara, ni los gritos de una despedida de soltera en la esquina o los de un grupo alborotado junto al toro mecánico. Con su sombrero de vaquero en la cabeza y las manos desgastadas por el rancho, pasaba desapercibido. El hecho de que probablemente podía oír los pedos de un ratón en el callejón porque era un cambiaformas alfa no era obvio.

Cogiendo un trapo limpio, limpié la barra brillante delante de ellos.

—Hola, chicos. ¿Cerveza? —pregunté con mi habitual sonrisa relajada.

Miró a Willow.

—Eso sería genial —dijo ella—. Gracias.

Rob asintió.

Se quedaron callados mientras les llenaba las jarras del grifo. No estaba seguro de si realmente querían las bebidas o si Rob me estaba dando tiempo para componerme. O me estaba dejando sudar porque me sentía como un adolescente al que han pillado robando el coche de sus padres para salir a dar una vuelta.

Puse una cerveza delante de Willow primero y luego de Rob. Mientras ella tomaba un sorbo, él ignoraba la suya.

—Parece que Marion no ha recibido ninguna visita hoy.

Rob, obviamente, no tenía ningún interés en las cortesías. Esta era la segunda vez del día que había tenido que lidiar con un McIntire.

Todo el jaleo, todos los clientes que esperaban, se esfumaron. La mirada de Rob me atravesó. No estaba enfadado. Nunca había visto a nuestro alfa enfadado. Pero seguro que no estaba contento.

—No —respondí.

—¿Tienes una buena razón?

Apoyé los antebrazos en la barra y me acerqué.

—Es mía.

Ni de coña iba a decir «compañera predestinada» en esta multitud. Aunque había una mezcla de cambiaformas y humanos en la multitud, se mantenía en equilibrio porque los humanos no tenían ni idea de la mezcla de los asistentes al bar.

Willow soltó un pequeño grito ahogado y sonrió.

Rob no mostró tanta emoción. Solo una ceja oscura se alzó en respuesta.

—¿Estás seguro?

Lo fulminé con la mirada.

—¿Es en serio?

Se encogió de hombros.

—Eres viejo. Tal vez tu olfato se ha roto.

Willow se echó a reír.

—Rob —le reprendió.

Seguí mirándolo fijamente. No me atrevía a faltarle el respeto a mi alfa diciendo algo de lo que me arrepentiría, así que me quedé callado.

—Ahora sabemos por qué el beso de Tyler con ella estuvo raro.

Restregué la barra, que no estaba sucia, con el trapo en lugar de darle un puñetazo en la nariz a mi alfa.

—No vuelvas a mencionar a Tyler, ese beso y a Riley en la misma oración, por favor —añadí apretando los dientes, por deferencia.

Ahora Rob esbozaba una sonrisa, lo cual era raro. Fue él quien se inclinaba hacia delante ahora. No tuvo que hacer más que murmurar, ya que yo tenía una audición excepcional.

—Entonces planeas reclamarla. Difícil de hacer si ella no está aquí.

Lo miré a los ojos.

—Está jugando a los bolos con amigas.

—Mierda. —Suspiró y luego le besó la sien a Willow—. Quédate aquí un rato, ángel.

Ella asintió con la cabeza y Rob le acercó un taburete para que se sentara. Sin decir nada más, se apartó de la barra y rodeó las mesas altas.

—Mierda —repetí. Le hice señas al camarero para decirle que ya regresaba y seguí a mi alfa hasta mi despacho.

—La reclamaré, Alfa. Pero tiene diecinueve años. Todavía es virgen —le dije una vez que la puerta se cerró tras nosotros, reduciendo el ruido al ritmo de la última canción.

Se apoyó en mi escritorio y cruzó los tobillos.

—No me sorprende. Imagino que su padre aleja a los

chicos a punta de pistola. Tienes un gran obstáculo tanto con su edad como con el ayudante del alguacil.

Gruñí.

—Lo sé.

Para los cambiaformas, perder la virginidad solo significaba tener sexo por primera vez. Así de simple. No había pétalos de flores, a excepción cuando ocurría en una corrida de luna llena en el campo. No había luz de velas. No era especial…, pero sabía que para los humanos era algo más. Por la forma en que Riley me rogaba que me la follara, tampoco parecía creer que fuera tan importante.

Aunque dudaba que ella pensara que sería un hombre de cuarenta años el que lo haría. Mi lobo gruñó ante la idea de que fuera otro quien la despojara de ello. Como Matt o Ethan, dos niños a los que quería llevar al campo y darles una lección sobre cómo tratar a una mujer. A cualquier mujer menos a Riley. Luego sacaría algunos diagramas sobre la anatomía femenina para que se pusieran las pilas.

—Quería que le borraran la memoria. Desobedeciste una orden directa de tu alfa. —Rob interrumpió al sacudir la mano en el aire—. Ella sabe de nosotros y no ha sido reclamada. Y no está atada a tu cadera.

Al instante, la recordé atada a la cama y bajé mi pene.

—Lo siento, Alfa. —Me pasé una mano por la nuca

—. Fui a su casa y usé el tranquilizante para animales que me diste. Tenía toda la intención de llevársela a Marion para arreglar el problema de Tyler. Hasta capté su aroma. —Respirando hondo, recordé el primer golpe de su dulzura—. Ella ya no es asunto de Tyler. Es mi compañera. No iba a poder borrarle la memoria. Sabes que eso puede dejar un daño permanente.

—No sé si es un solo recuerdo. Ahora también tiene el recuerdo de que la secuestraste. Cuanto más tiempo pase, más recuerdos habrá que borrar. Y eso sí podría causar un daño permanente. ¿Tantos agujeros en la mente de una persona? —Sacudió la cabeza siniestramente.

Mierda. No dejaría que eso le pasara a Riley aunque eso significaba desafiar a mi alfa y ser expulsado de la manada. Yo moriría primero.

—No hará falta que se los borren —dije con fiereza—. La convenceré. Solo lleva tiempo. Es humana. Tengo que... —Mierda. Esto iba a ser una tarea de enormes proporciones—. Cortejarla. Hacer que se enamore.

—Claro, y mientras tanto, ¿a cuánta gente le contará nuestro secreto? ¿Empezará en los bolos? —Sacudió la cabeza—. Deberías haber seguido mis órdenes y haberle borrado la memoria. Así tendrías todo el tiempo que necesitabas para averiguar cómo vas a hacer que una adolescente se enamore de ti sin poner en peligro a la manada.

Tragué saliva. Tenía razón. Ni siquiera había conseguido explicarle bien la situación a Riley. Solo la confundí con orgasmos y la dejé en su casa. Ya podría haberle contado todo a sus amigas, a su padre, a su abuela, o a cualquiera.

—No me gusta esto, Cody.

—Dame una semana. —Una semana para enamorar a una adolescente y que esté dispuesta a pasar el resto de su vida conmigo. Era posible, ¿no?

Rob sonrió sin ganas.

—Bueno, tienes reputación de hacer que las mujeres caigan rápido.

Reprimí un gruñido. A mi lobo no le gustaba la insinuación de que Riley era como cualquier otra hembra con la que había estado.

—Supongo que, si alguien sabe cómo enamorar rápido a una hembra humana, ese eres tú. —Se levantó de un empujón y me dio una palmada en el hombro antes de abrir la puerta del despacho—. Vale. Tienes una semana, Cody. Pero eso es todo porque cada día tiene más y más recuerdos de cambiaformas existentes que borrar. Enamórala y haz que acepte ser reclamada o yo mismo se la llevaré personalmente a Marion para que le borren la mente.

DEMONIOS.

10

RILEY

ALICE Y WENDY eran mis dos mejores amigas del instituto, después de Lila, claro. Wendy iba a la universidad pública conmigo. Estaba tomando clases de pre-enfermería con el plan de transferirse a la escuela estatal el próximo año, por lo que estaba muy ocupada con los laboratorios. Alice trabajaba en la inmobiliaria de su familia. Obtuvo su licencia inmobiliaria durante el verano y se había pasado todo el verano mostrando terrenos a compradores interesados de otros estados. Yo iba a clases y trabajaba a tiempo parcial en un preescolar local. Había sido difícil coordinar la noche de bolos, pero lo logramos. Era lo que todas necesitábamos en ese momento.

Por ser mis mejores amigas, me moría de ganas de contarles lo que había pasado tanto con Tyler como con Cody, pero no podía. Lo había prometido.

A mitad del primer partido, Chris, el novio de Alice, apareció con dos amigos, Andy y Pete. Aunque Chris dijo que no se iban a quedar, todavía no se habían ido. Andy no era gran cosa. Se pasó todo el tiempo mirando el móvil, vaya fracaso, pero Pete se pasó todo el rato intentando ligar conmigo. Otro fracaso total, pero de una manera diferente.

A Wendy le había parecido divertido el interés de Pete en mí. Y a mí él me parecía infantil... Sobre todo después de la tarde con Cody. Lo único que podía hacer era comparar. En Pete lo que veía era una cara de bebé, ni una pizca de bigotes. El aliento le olía a cerveza que habían colado de alguna manera. Las manos las tenía sudorosas. Sabía lo mojadas que estaban porque no paraba de posar una en mi antebrazo descubierto. Sus caricias eran como juegos preliminares infantiles.

—Mi turno.

Me moví alrededor del asiento del banquillo y levanté mi bola del estante de devolución. Esperé a que un hombre de un equipo usara su turno en la pista contigua a la nuestra antes de caminar, posicionarme y lanzar mi bola por la pista.

Levanté los brazos cuando cayeron nueve bolos, y

uno se tambaleó y finalmente cayó también. Wendy aplaudió. Alice chocó los cinco con Chris.

Mientras esperaba a que me devolvieran la bola y volvieran a colocar los bolos para usar mi segundo turno, vi a Rob Wolf y, supuse, a su mujer.

No los conocía, pero Tyler hablaba de él todo el tiempo porque había conseguido un trabajo en su rancho y ahora vivía allí. Él y yo lo vimos en el pueblo una vez y Tyler lo señaló.

Estaban junto al mostrador de alquiler de zapatos observándome...

A mí.

Los miré fijamente. Ellos a mí. Bueno, Rob me devolvió la mirada. Willow sonrió y se metió un trozo de palomitas en la boca, sacado de una bolsa de papel a rayas que no había visto que traía en la mano. Las vendían en el mostrador porque las había visto cuando compré sodas para todos.

La emoción de conseguir una chuza había desaparecido. Mi mente volvió a mi conjetura anterior. ¿Rob también era un cambiaformas? Tenía que serlo. Cody no había respondido directamente cuando le pregunté, pero su apellido era Wolf. ¡Claro que era un cambiaformas! ¿Entonces Willow también? Me quedé mirando a la mujer de un color de piel mucho más bronceado que su aparentemente gruñón marido. Parecía tan... normal.

¿Había venido aquí por mí? No, eso era una tontería. Era un pueblo pequeño. Me cruzaba a diario con demasiada gente a la que no quería ver. Hacer la compra era como una hora social, y había empezado a pedir tampones y cosas femeninas por internet para no revelar nada personal a los fisgones y mirones de la comunidad. No estaba tan mal, pero tenía que lidiar con un padre asfixiante y un pueblo muy unido. Uno lo podía controlar, lo otro no.

Pete se acercó y me abrazó, levantándome del suelo y dándome vueltas. Luego de que mis zapatillas rentadas volvieran a tocar suelo, di un paso atrás y cogí mi bola, que afortunadamente acababa de salir.

—Qué bien lo has hecho, campeona.

—Tío, déjala respirar —comentó Chris.

Pete le hizo un gesto con el dedo a su amigo, pero volvió a su asiento.

Cuando volví a mirar a Rob, tenía la cabeza gacha y estaba escribiendo en su móvil.

—¡Vamos, Riley! ¡Derríbalos a todos otra vez! —gritó Alice.

Sonreí, me di vuelta y respiré hondo. Me concentré en el siguiente golpe y no en los lobos. No funcionó demasiado bien porque solamente derribé cinco bolos. Cuando volví, Rob y su mujer se habían ido.

Como mucho, cinco minutos después, cuando Alice estaba haciendo su turno, apareció Cody. Bueno, hizo más que aparecer. Entró por la puerta principal con una misión. Apenas miró a los lados antes de centrarse en mí como si tuviera una especie de faro localizador.

Esa mirada derrite bragas.

Acechó. Sí, acechó. Pero ya no me estaba mirando. Le estaba lanzando a Pete una mirada mortal. Más concretamente, deslizó el brazo de forma casual, y muy intencionadamente, por el respaldo de la fila de asientos de plástico que había detrás de mí.

¿Cómo supe que había llegado? Hubo una perturbación en la Fuerza, o mis pezones simplemente lo supieron. Madre mía, todas las mujeres en el lugar se detuvieron a mirar lo guapo que era.

O todas habían estado con él y estaban deseando más.

Yo sí.

—Hola, Riley. ¿Quién es tu amigo? —preguntó cuando se plantó ante mí, amenazante.

Tragué con fuerza, no de miedo, sino de excitación.

Había venido aquí por mí. POR MÍ.

Me aclaré la garganta.

—Te presento a Pete. Es amigo de Chris. —Levanté la mano sin fuerza y señalé hacia donde Chris estaba sentado en la mesa de anotar puntos.

—Sr. McIntire, ¿ha venido a buscar a Tyler? —preguntó Wendy.

Internamente, hice una mueca de dolor.

La mirada de Cody se encontró en la mía, fuerte y tendida.

—¿Tu amigo Pete quiere vivir? —me preguntó, y yo respiré profundo.

—¿Qué? —dijo Pete luego de soltar una risa.

Me puse en pie de un salto. Esto no era bueno. Este era un lado nuevo de Cody. Un lado muy posesivo. ¿Eran celos o simplemente reclamaba territorio?

Fuere como fuere, no iba a averiguarlo en una bolera llena. Subí los escalones que me separaban de las pistas a toda marcha y las zapatillas rentadas resbalaron sobre la moqueta con el dibujo de Las Vegas. Sorteando a un grupo de niños con gorros de fiesta de cumpleaños y a unos cuantos hombres con bolsas de bolos y camisetas de la liga a juego, llegué a los baños y entré.

Sabía que Cody me seguía. No porque pudiera oírle, que no podía por el rock alto que tenían en el local, los ruidos de las máquinas recreativas junto a los baños y el ruido metálico de los bolos al caer, sino porque lo sentía.

Para cuando empujé una de las puertas de los baños unisex, él estaba justo detrás de mí y cerró la puerta tras nosotros. Pasó el seguro.

Me pasó una mano por detrás del cuello y me tiró de la coleta, obligándome a levantar la vista y mirarlo a los ojos. Eran de un azul tormentoso. Salvajes.

—¿Qué haces aquí? —pregunté, amando el pequeño

tirón a mi cuero cabelludo—. Pensé que estabas trabajando.

—Lo estaba hasta que Rob Wolf envió un mensaje y dijo que mi compañera está con otro hombre. Bueno, con un crío.

¿Dejó el trabajo y vino corriendo porque Rob me vio? Su bar estaba a solo unas manzanas por la calle principal, pero igual.

—Cody, yo...

—¿Quién es?

Fruncí el ceño.

—¿Pete? Es un amigo del novio de Alice.

—Parece que quiere ser tu amigo.

Cody había venido aquí porque Rob me vio con Pete.

—Bueno, a mí no me interesa —le dije.

—¿Lo sabe? —Usando su mano, me dio la vuelta, de modo que mi espalda estaba contra la pared, y él estaba pegado contra mí.

Cada durísimo centímetro suyo.

—¿Sabe que esta vagina es mía?

Jadeé cuando me tocó por encima de la ropa.

—Cody —susurré. Madre mía, qué excitante estaba esto.

Se inclinó y me pasó la nariz por el cuello.

—¿Que soy yo el que te hace correr?

—¿Que Pete qué? —pregunté, inclinando mi cabeza hacia él.

Me pellizcó el punto de unión entre el cuello y el hombro.

—Exacto. —Su aliento me acarició la piel caliente.

—Quieres estar con chavales, está bien, pero será con el coño dolorido, las bragas empapadas y repleta de semen.

—¿Vas a follarme ahora? ¿Aquí? —Eché un vistazo al cuarto de baño que tenía papel pintado de bola de bolos y olía a ambientador afrutado. Yo lo haría. Estaba muy excitada.

Eso emocionaba.

Su mano se deslizó por mi muslo desnudo y por debajo de mi falda. Luego en mis bragas.

Le agarré el antebrazo tonificado, no para apartarlo, sino para asegurarme de que no se detuviera.

Me lamió el cuello y murmuró:

—No voy a reclamar a mi pareja en el baño de unos bolos. —Me introdujo un dedo, duro y profundo, poniéndome de puntillas. Jadeé tras la repentina acción. Se me cerraron los ojos. Aunque Cody me había penetrado con la boca, lo cual era mucho más íntimo que esto, ya que aún llevaba puesta toda la ropa, era la primera vez que un tío me metía un dedo—. Pero te aseguro que puedo dar a saber que estás bien atendida.

—Santo Dios —susurré, moviendo las caderas mientras me metía los dedos. Había usado un vibrador recientemente, porque ni de coña que iba a tener juguete sexual en casa de mi padre, pero esto era mucho mejor.

—Te vas a quedar calladita y te vas a correr en mi mano. Nadie te oye excepto yo —gruñó—. Si no, paro y te dejo en vilo toda la noche.

Me mordí el labio y asentí. Tenía tantas, tantas ganas de correrme.

Metió un segundo dedo.

—Qué apretadísimo, mierda.

Estaba tan mojada, que el sonido que hacían sus movimientos era un poco embarazoso. Hasta que su palma rozó mi clítoris y me olvidé de eso. Y de mi nombre.

—Vas a volver ahí fuera, y Pete va a saber que ya tienes un hombre.

Cody no era gentil. Era casi rudo en lo que hacía. Feroz. Como si fuera su necesidad primaria hacer que me corriera y rápido.

Moví las caderas, prácticamente cabalgándole los dedos.

—Muy bien —me elogió cuando me corrí—. Te ves preciosísima cuando te corres, cariño. —Empujó un poco más, arrancándome otro orgasmo—. Muy bien, tu cuerpo sabe quién es su dueño. Nadie más puede hacer que te corras así. ¿Quién puede darte lo que necesitas?

—Tú —gemí, delirante, intentando recuperar el aliento.

Me besó el cuello, me acomodó las bragas y me acarició suavemente el coño por encima.

—¡Es mío!

Luego echó el cerrojo y se fue.

Si eso no era reclamar, no sabía qué lo era.

11

CODY

Volví al bar con los celos furibundos de mi lobo todavía bombeando por mis venas.

No creía que follarme a Riley en el baño de una bolera fuera lo que Rob tenía en mente cuando me dio el plazo de una semana. El problema era que mi lobo estaba demasiado irritado como para confiar en mí mismo esta noche.

Rob ordenó que me la amarrara a la cadera para asegurar que se enamorara de mí.

¿Qué diablos sabía yo de enamorar a alguien?

Nunca lo había hecho.

Tenía una reputación en el pueblo de ser un buen polvo. No hacían falta muchas historias en un pueblo pequeño para que todos pensaran que me acostaba con una mujer diferente cada noche. El pueblo no era tan grande, mierda. Y cuando tenía sexo, siempre me aseguraba de que mi pareja se divirtiera como nunca.

¿Pero enamorarme... y estar con mi pareja predestinada?

Diablos.

No era mi especialidad. ¿Y qué sabía yo de ser un compañero predestinado?

Lo que hice en el baño fue marcar territorio. Recordarle a quién pertenecía. ¿Fue cavernícola de mi parte? Claro que sí. ¿Lo haría de nuevo? Sin dudarlo.

Pero no fue suficiente. De hecho, tal vez había sido un error. Debería ir a casa de Riley esta noche, después de mi turno, y demostrarle que no solo me interesaba el sexo, que iba a ser un compañero para ella, que iba a ser alguien que llegaba a casa fielmente cada noche y se metía bajo las sábanas con ella.

Pero es que después de ver a ese imbécil con su brazo a lo largo del respaldo de su asiento esta noche, tenía miedo de estar en una cama con ella.

Temía arrancarle la ropa con los dientes y follármela hasta que gritara mi nombre lo tan fuerte como que despertaría a todo el vecindario. Y yo también.

Y aunque esa idea era muy atractiva, no creía que fuera a acercarla a entender lo que yo quería de ella.

Ella quería que le abriera la flor.

El destino sabía que quería hacerlo. El destino sabía que iba a hacerlo.

Pero no quería que pensara que solo se trataba de sexo. No quería que pensara que yo era un mujeriego. Necesitaba que entendiera que lo que quería de ella era un para siempre. El problema era que el pequeño polvo con los dedos en el baño fue solo un ejemplo de lo primitivo que podía ser. Nada amoroso.

Así que, por más que lo odiara, sería mejor mantenerme alejado de ella esta noche. Necesitaba ir a mi cabaña y dejar que mi lobo corriera. Sacar un poco de estos celos agresivos de mi sistema para poder pensar. Y sabiendo que la había hecho correrse y que se había reunido con sus amigas con las bragas mojadas y el brillo de haber sido follada con los dedos, había apaciguado, en cierto modo, a mi lobo. Por ahora.

Aun así, tenía que asegurarme de que supiera que no había terminado con ella. Apenas respetaba los límites de sus amigos, pero tenía que asegurarme de que supiera que seguía siendo mía. Como si el orgasmo que le di en el baño no fuera suficiente recordatorio.

Saqué el móvil y le escribí un mensaje.

Mañana me perteneces a mí.

Los tres puntos hicieron parecer que iba a contestar, pero no lo hizo.

Diablos. Volví a mandar un mensaje.

Dime que lo entiendes.

Otro largo rato esperando su respuesta hasta que por fin llegó un mensaje:

Trabajo en el preescolar de ocho a cinco. ¿Después?

Después. Esa única palabra fue lo que impidió que mi lobo me obligara a volver a la bolera y la secuestrara de nuevo, la atara a mi cama y la mantuviera alejada de los Pete del mundo.

Después.

¿Será que voy al bar?

Sonreí como un tonto.

Sí. Ven, que yo te cuido.

Me quedé mirando lo que había escrito, y luego reordené las palabras.

Te cuidaré y te vendrás.

Ahora solotenía que esperar a mañana.

12

RILEY

Yo era el tipo de chica que se moría por ser adulta desde que tenía diez años. Estaba segura de que todo tenía que ver con que mi madre nos había abandonado cuando era muy pequeña. No era como ese deseo de crecer e irse de casa que tienen algunos jóvenes. Era más bien mi deseo de ocupar el lugar de mi madre. Quería ocupar su lugar, o al menos el de una madre de verdad, y crear esa sensación de hogar que nunca tuve. Quería formar mi propia familia que tuviera una madre y un padre. Quería niños, vacaciones, partidos de fútbol, ballet, clases de natación. Todo eso. Quería estar ahí para mis hijos cuando regresaran del colegio, hacerles galletas para las diferentes fiestas.

Desde que mi madre se fue, habíamos sido mi padre y yo. Sin dulces hechos en casa, sin abrazos de mamá. Como adulto, podía hacer lo que quisiera y no mantenerme al margen.

La satisfacción de poder ir a un bar antes de cumplir los veintiuno iba más allá del deseo de fiesta de todo universitario. Me hizo sentir que por fin había llegado. Crucé esa línea de meta hacia la edad adulta que había estado deseando desde que era una niña.

Quizás que un tío me comiera el coño también formaba parte de ello. Ah, y que me metiera el dedo en un baño público, sobre todo cuando el hombre en cuestión estaba en el bar que estaba visitando. Él me deseaba.

Sus mensajes de anoche habían sido exigentes, posesivos, traviesos.

Me encantó cada uno de ellos.

Cada minuto en el trabajo se sentían como cinco, pero por fin llegó el momento. Entré por la puerta del Cody's Saloon con un top corto, una falda corta y botas de vaquera como si fuera la dueña del local.

Y, madre mía, si Cody y yo realmente fuésemos una pareja, así haría.

Pero me estaba adelantando.

Había mencionado que yo era su compañera, que nuestros cuerpos estaban hechos el uno para el otro, o algo así, pero yo estaba demasiado embriagada por su cercanía para hacer preguntas. No solo cercanía, por su boca y sus dedos. Como él dijo, estaba nublada de tanto correrme, demasiado saciada por todos los orgasmos.

Después de todo eso, no tenía ni idea de lo que había querido decir.

Me había dado cuenta de que nuestros cuerpos eran muy compatibles, así que pensé que solo se trataba de sexo. Pero se negó a quitarme la virginidad.

Todo aquello parecía un sueño borroso, y no estaba segura de si me lo había inventado todo. ¿Qué chica hacía que un tipo como Cody la siguiera hasta un baño y la hiciera correrse y nada más...? Después de todo lo que habíamos hecho hasta entonces, que no era tanto pero sí mucho para mí, aún no había visto ni tocado ni chupado su pene.

Había tenido algunas citas. Matt me lo había pedido. Yo le había dicho que sí. Habíamos ido a por un helado al restaurante de temporada Sweet Cow. Sabía lo que pasaba. Supe cuando me besó y me dijo que no era buena que se había acabado.

Había sido una mierda, pero había estado claro.

¡Cody era confuso!

En cuanto entré por la puerta principal de Cody's y lo vi detrás de la barra, sus ojos se clavaron en los míos. Solo por su mirada, supe que lo que había dicho iba en serio.

Él era real. Lo que había entre nosotros era real. Me

di cuenta por la intensidad de su mirada, por la forma en que sus ojos destellaban ámbar incluso desde el otro lado de la barra como si vislumbrara a su lobo acechando bajo toda esa capa de músculos.

Media docena de hombres me miraron también. Estaba segura de que parecía carne fresca: vestida para matar, joven y no una cliente frecuente. Reconocí algunas caras. Era un pueblo pequeño y mi madre era ayudante del alguacil. Pero estos eran adultos, no niños. Esto era diferente.

Un hombre sonrió mientras se acercaba y se paró justo delante de mí.

—Hola, chica guapa. Nunca te había visto.

Yo tampoco lo había visto antes. Aunque no me transmitió ninguna vibración espeluznante, me di cuenta de que así era como ligaban los adultos: en los bares y diciendo cualquier cosa sin mucho esfuerzo.

—No —respondí con una sonrisa falsa, con la esperanza de hacerle querer buscar diversión en otra parte.

Por supuesto, Cody se dio cuenta de lo que estaba pasando. Por el rabillo del ojo, vi cómo su cuerpo se tensaba y la mirada sombría que le dedicaba al hombre. Cuando me di cuenta, este salió disparado de detrás de la barra y apartó al hombre de su camino. Más bien lo golpeó, porque le hizo retroceder y le tiró la cerveza.

Una mano posesiva se posó alrededor de mi cintura.

—Está con alguien —le espetó Cody al chico sin

dejar de mirarme. Inclinó la barbilla hacia abajo, se encontró con mis ojos y esperó que el chico se fuera, cosa que él hizo—. Riley.

Fue como si toda la confrontación nunca hubiera ocurrido, o como si me hubiera meado encima para que el chico supiera que yo no buscaba diversión con nadie más que con Cody. Fue como en los bolos, pero con mucha menos sutileza.

Diablos. Me encantaba cómo se sentía eso, que me reclamara un macho posesivo. Y el guapísimo dueño del bar más popular de Cooper Valley, nada menos. Un hombre mayor.

—Estás increíble. —Se inclinó como si fuera a besarme, pero luego pareció pensárselo mejor y echó un rápido vistazo a los lados antes de llevarme, con aquella mano enorme posada suavemente en la parte baja de mi espalda, a un taburete en la barra. Antes de que pudiera subirme, me levantó por la cintura como si no pesara nada y me acomodó suavemente en el asiento.

Entonces esos músculos no eran solo apariencias.

—¿Estás presumiendo? —murmuré.

—Definitivamente —gruñó a su vez—. ¿A trabajar? —Me guiñó un ojo antes de rodear la barra. Se apoyó en los antebrazos justo delante de mí.

Su mirada se clavó en la mía. Tenía una mirada que me revolvía el estómago. La mirada oscura. La intensidad. Era como si pudiera ver más allá de mi fachada de «soy adulta» y viera a la chica nerviosa, a la virgen inexperta, y me encontrase a mí.

—Me alegro de que hayas venido, cariño.

Me sonrojé porque recordé sus mensajes obscenos de la noche anterior. Definitivamente me vine.

Mis mejillas se encendieron. No pude evitar sonreír porque no había querido decir eso en absoluto. No del todo.

—Vaya sitio que tienes aquí —comenté, tratando de sacar mi mente de esos pensamientos oscuros.

Sonrió. Me desmayé.

—Se me olvida que nunca habías venido aquí.

Me encogí de hombros.

—Todo el mundo me conoce en Cooper Valley o al menos sabe que no tengo veintiún años. Imposible que mis amigos y yo pudiésemos intentar tomar algo. No pasaría de la puerta y alguien seguro se lo diría a mi padre.

Dios, sonaba como si tuviera trece años, iba a un baile de secundaria y me fumaba un cigarrillo a escondidas.

—Lo siento, no quería mencionarlo —murmuré.

Ladeó la cabeza.

—¿A tu padre? ¿Por qué no?

—Apuesto a que las otras mujeres con las que sales no tienen que lidiar con un padre autoritario y armado.

—Es cierto.

—¡Cody! —llamó alguien en el bar.

Cody se puso de pie y giró la cabeza. El otro camarero captó su mirada. Había tres personas esperando para tomar algo. Asintió con la cabeza y cogió un vaso, lo llenó con hielo del arcón de debajo de la barra y sirvió soda del grifo.

—Tengo que servir unas cervezas. —Puso la bebida delante de mí—. ¿Qué quieres comer? ¿Una hamburguesa?

Asentí con la cabeza. Sonaba muy bien. Después de pasar el día con niños pequeños, quería algo más que palitos de zanahoria y galletas con forma de pescado.

—Con queso.

Él asintió con la cabeza.

—¿Papas fritas? —me preguntó.

—Sí, por favor.

Apoyó los nudillos en la barra.

—No te muevas de aquí, cariño.

Durante la siguiente media hora, observé a Cody mientras cenaba. Llenaba jarras y servía chupitos. Cobraba el dinero y charlaba. Estaba relajado y tranquilo, incluso con la locura del bar. Cuando la cosa se descontrolaba con los clientes, él se mantenía firme, lo arreglaba rápido con un chiste o una sonrisa. Siempre me miraba, como comprobando que seguía allí. Un tío empezó a hablarme de más, pero Cody se salió de su puesto para interponerse delante de nosotros.

—Muévete, Paul. Tiene dueño.

Tiene dueño.

No sé si fue esa palabra, la mirada o la voz gruñona lo que hizo que Paul inclinara su sombrero de vaquero hacia mí y saliera corriendo asustado. En mí tuvo un efecto diferente. Ese dominio hizo que mis bragas se humedecieran y que mis pezones se endurecieran. O el chico de ahora y Paul eran unos tontos, o Cody era así de posesivo, o ambas cosas, pero yo empezaba a ver el tipo de hombre que me atraía y que me ponía cachonda.

—Hola, tigre. Ha pasado mucho tiempo.

Parpadeé y me di cuenta de que no era la única con los pezones duros. La mujer que se había acercado a la barra a mi lado vestía una camiseta tan ajustada que se sabía que podría alimentar a sus hijos con facilidad con unas tetas enormes y unas puntas muy puntiagudas. Podría sacarle un ojo a alguien con esas cosas.

También me di cuenta de que el tigre con el que hablaba era Cody. Le tocó sentar los antebrazos en la barra, lo que puso a prueba la elasticidad de la camiseta. No quedaba duda de que sabía lo que hacía.

No pude evitar poner los ojos en blanco y darle crédito. Si sabía lo que hacía, debería alardear de ello. Pero ¿con Cody?

—Hola, Tessa. —Cody limpió la barra y tiró un posavasos—. ¿Vino con soda?

Ella le dedicó una sonrisa despampanante.

—Te acuerdas de lo que me gusta. Yo me acuerdo de lo que te gusta a ti.

Tal vez todavía era una niña porque me dieron ganas de vomitar. Y de arrancarle los ojos. Estaba claro que habían estado juntos en el pasado. Había hecho cosas con ella que no había hecho conmigo.

Mierda.

Dejé la hamburguesa en el plato y me limpié la boca con la servilleta. ¿Se la había chupado a ella también?

Me fijé en su cuerpo curvilíneo y delgado y en los ajustados pantalones cortos vaqueros Daisy Duke que llevaba. Le rebotaría una moneda en ese culo. Y esas piernas largas y tonificadas... Era guapa, atrevida, obviamente experimentada... y de la edad de Cody.

Probablemente tenían mucho en común.

De repente, me sentí como una niña en el armario de su madre probándose los zapatos de tacón y el maquillaje. Yo no tenía tanta seguridad. No podía mirar a esa mujer de arriba abajo y gruñir «tiene dueña». Probablemente me arrancaría los ojos con sus uñas postizas como garras. A ver, me sentía como si Cody me hubiera reclamado, pero ¿lo había reclamado yo a él?

Cody dejó una copa en la barra, lo llenó un tercio con vino, añadió agua con gas con el dispensador de soda y luego lo puso en el posavasos.

—Solo te ofrezco la bebida.

La mirada de él se desvió hacia mí, lo que hizo que

Tessa girara la cabeza para mirarme. Yo me veía un poco más baja sentada en el taburete.

Ladeó la cabeza y su pelo rubio, peinado con gruesos rizos, se deslizó por encima de su hombro mientras me miraba. No sabía si el hecho de que solo me dedicara uno o dos segundos de su tiempo era bueno o malo. O no le parecía gran cosa o no me dedicaría mucha atención.

Las dos opciones fueron horribles.

Ella era con quien Cody debería estar. ¿Por qué no la reclamaba a ella? ¿Por qué no decía que ella era su compañera? Era obvio que ella quería serlo. ¿Estaba yo confundida con lo de la compañera porque era joven e ingenua? ¿Tessa lo sabía y lo quería? ¿Lo quería a él?

Eso parecía.

—¿Seguro? —ronroneó—. Puedo volver a encontrarme contigo en el almacén.

—Todo bien, Tessa. —Me miró, su mirada pasó por mi boca y volvió a mis ojos. Me guiñó un ojo—. Tengo lo que necesito.

Tessa se volvió de nuevo hacia mí, y esta vez me estudió con más detenimiento. Sus pestañas postizas se agitaron cuando entrecerró los ojos. Vale, era hora de irse. Había podido pasar por la puerta, pero estaba jugando a ser mayor.

—Gracias por la hamburguesa, Cody. —Me levanté

del taburete—. Tengo que irme. Mañana tengo que llegar temprano al trabajo.

Tessa resopló.

—Sí, ya debe haber pasado tu hora de dormir, ¿no es así, cariño?

—Tessa —advirtió Cody. Parecía preocupado, como si tal vez estuviera de acuerdo en que yo era demasiado joven—. Te veré luego, Riley.

Eso fue todo. Te veré luego. Como si me despreciara. Esa frase se la había escuchado a Matt y a Ethan. Sabía que significaba que definitivamente no me verían luego.

Una lenta sonrisa de triunfo y poder se dibujó en el rostro de Tessa.

Ella ganó, eso estaba claro. Solo que ella no sabía que en realidad no había competencia, porque no tenía ninguna duda de que se saldría con la suya, se llevaría a Cody al almacén y haría que la llamara su compañera justo antes de cerrar.

13

CODY

LA MALDITA TESSA JONES trató de hacer sentir mal a Riley.

Y había funcionado, Diablos. Esa era la parte que me mataba. Riley había entrado en el bar más radiante que el sol y se había escabullido como un globo reventado.

Debí haber hecho algo para arreglarlo antes de que se fuera, pero el comentario de Tessa me había dado una bofetada en la cara.

Me hizo darme cuenta de cuánta mierda nos iban a echar a Riley y a mí los humanos de este pueblo cuando se dieran cuenta de que éramos pareja. Y los que no nos echaran mierda estarían hablando a nuestras espaldas. ¿Qué dirían?

¿Que estaba robando cunas? ¿Que Riley tenía traumas paternales?

Hablando de su padre, yo iba a tener traumas paternales con el de Riley cuando se enterara de esto. No le tenía miedo y respondería a lo que sea que quisiera darme.

A mí personalmente me importaba un carajo lo que los humanos dijeran de mí, pero cualquier cosa que molestara a Riley me iba a poner furioso. Quería protegerla de todo eso y ya había empezado.

Me marché en cuanto las cosas se calmaron, y estaba seguro de que Jimmy, mi camarero jefe, podría manejar las cosas sin mí.

—Vas a cerrar esta noche —le dije.

—Claro, jefe.

Me subí a mi camioneta y conduje directo a casa de Riley.

La casa de su abuela estaba a oscuras. Habían pasado una o dos horas desde que se fue, pero parecía que ya se había ido a la cama. Era más de medianoche. Yo estaba acostumbrado a trasnochar, pero no todo el mundo lo estaba. Los preescolares no empezaban a las nueve de la noche, lo que significaba que como Riley trabajaba mañana, tenía que madrugar.

Aparqué a la vuelta de la esquina, para que no vieran mi camioneta delante de su casa, y caminé a su puerta.

Había memorizado el código de la llave del día anterior, así que lo introduje y entré sin hacer ruido.

Mi lobo se relajó en cuanto entré. Tener su olor en mis fosas nasales calmó la agresividad que había sentido desde que se fue. Saber que estaba cerca aliviaba las ansias de volver a tocarla.

Me quité las botas y las dejé al lado de la puerta, dejé el sombrero en una silla y subí andando con los pies en calcetín hasta su dormitorio.

Diablos. Qué linda. Con mi visión de cambiaformas podía verla perfectamente en la oscuridad.

Riley se veía demasiado angelical mientras dormía. Acurrucada de lado, con sus ondas castaño oscuro extendidas sobre la almohada, estaba demasiado hermosa para molestarla.

Durante un largo momento, me quedé mirándola, completamente cautivado.

Luego ella suspiró y frunció el ceño.

Me bajé rápidamente la cremallera de los vaqueros, me los quité de una patada y me despojé de la camisa vaquera de botones a presión. Levanté suavemente las sábanas y me metí en la cama a su lado en calzoncillos.

Inspiró bruscamente, sobresaltada, y su codo giró hacia mi cara.

Lo cogí a tiempo, riendo entre dientes.

—Buenos instintos, cariño. Un cabezazo ayer, un codazo salvaje hoy. Feroz. Me encanta.

—¿Cody? —Se incorporó, parpadeando en la oscuridad.

—Sí, soy yo, amor. —La arropé y posé mi cuerpo alrededor del suyo en modo cuchara—. ¿Pensaste que te iba a dejar dormir sola después de que me abandonaras en el bar?

Se acurrucó contra mí y su suave culo entró en contacto con mis pelotas azules. ¿Se estaba meneando a propósito?

—¿Te abandoné?

Tenía la voz soñolienta. Qué adorable.

—Me dolió que te fueras, sobre todo después de que Tessa fuera tan grosera contigo. —Deslicé una mano por su ajustada camiseta para moldearla alrededor de su pecho. Maldición, qué rico. Tan suaves y firmes—. Cariño, siento que pasara eso.

Dejó escapar un suspiro de placer mientras arqueaba la espalda, empujándose hacia mis caricias.

—¿Cómo has entrado? Ah, te aprendiste el código. —Respondió a su propia pregunta. Estirándose, sus piernas se alargaron hasta que sus pies se enredaron con los míos—. ¿Qué haces aquí?

¿Cómo?

—¿Qué hago aquí? —Le acaricié ligeramente el pezón—. Tengo que compensarte, cariño, después de lo de Tessa. Y para asegurarme de que sepas que yo soy el que te va a dar calor por las noches a partir de ahora.

Después de la carrera de anoche, mi lobo y yo acordamos no más distancia. Ella quería salir con amigas, yo estaría en su cama después. Ella quería escaparse del bar temprano, yo volvería a casa a estar con ella.

—¿En serio? —Una cualidad burlona entró en su voz. Bien. El dolor se estaba pasando.

Apoyé mi cara en su cuello y mordisqueé.

—Mmm-hmm.

—¿Has venido por sexo?

No parecía ofendida. Para nada. Yo la describiría como interesada.

Mi pene se agitó en mis calzoncillos y estaba seguro de que ella lo sintió.

Abajo, vaquero. Estaba aquí para enamorarla, no para follarla.

¡Maldición! No debería haber pensado en follarme sus sesos, mucho menos con lo cerca que estábamos de la luna casi llena. Era una maldita tortura no reclamarla aquí y ahora.

—He venido a pasar la noche contigo —dije—. Para dormir abrazados.

—¿Abrazados? ¿Eso es lo que quieres hacer? —preguntó.

Resoplé.

—No. Pero todavía no puedes manejar lo que quiero hacer. —Mi lobo salivaba ansioso por las guarradas que tenía reservadas para Riley. Pronto.

—Sí puedo —replicó ella.

—No tienes experiencia —le recordé—. Tengo que trabajar.

—¿En qué exactamente? —le pregunté.

—¿Quieres saberlo?

Puso su mano encima de la mía sobre su pecho.

—Dios, sí.

Parecía que a mi compañera le gustaba hablar sucio. Bueno saberlo.

—Luego de que te abra esa florcita, y consiga que ese coño se amolde a mi pene, lo haré mío en cualquier momento, en cualquier lugar.

—Mmm —dijo, empezando a girar las caderas hacia las mías.

Mierda, esto ha sido una mala idea.

—¿Qué más? —ronroneó.

Diablos. Me iba a correr en los pantalones como si fuera yo el inexperto.

—Me gusta duro —admití—. Necesito que sea primitivo...

—¿Como cuando hui?

No pude evitar el gruñido que retumbó en mi pecho al recordarlo.

—Así, pero te inmovilizaré. Te pondré de rodillas y te follaré. Te azotaré el culo para que te corras, y luego haré que te corras con mi pene dentro.

—Cody —lloriqueó casi.

Moví las caderas para dejarme espacio. Su culo era demasiado perfecto, su coño estaba demasiado caliente y húmedo para mí.

—No más —gruñí—. Pronto. Pronto haremos todo eso. Esta noche haré que te corras porque eres una buena chica. Pero tienes que levantarte temprano.

—¿Que me corra mientras me quitas la virginidad? —Rodó en mis brazos para mirarme de frente.

Gemí por dentro.

—Eso no.

Me dio un empujón en el pecho, que solo consiguió empujar su cuerpo hacia atrás, alejándolo del mío. Le rodeé la cintura con el brazo y la volví a acercar.

—¿Por qué no? —preguntó ella.

—Todavía no, cariño. —Le pasé la mano por la cadera hasta la cintura.

—Me acabas de decir que quieres follarme por detrás en un campo, ¿y ahora no quieres hacerlo?

—Cada centímetro de mí quiere hacerlo —repliqué—. ¿No sientes lo duro que estoy por ti? Diablos, podría machacar clavos con mi pene ahora mismo.

—¿Entonces por qué?

—Tengo que estar seguro de que estemos en sintonía, cariño.

No contestó, lo cual me molestó. Y mucho.

Finalmente, exhaló y dijo:

—Vale. Nada de sexo. —Hizo una pausa y fue

entonces cuando deseé que los cambiaformas pudieran leer la mente como Marion—. No sé cómo te controlas. No tiene sentido lo que haces. ¿Es tu lobo el que es un mojigato?

Eso me hizo reír.

—Te chupé estando atada a mi cama y te metí los dedos en un baño público. ¿Crees que eso es ser un mojigato?

Me di vuelta y la subí encima de mí para que se sentara a horcajadas sobre mi cintura. Deslicé la mano desde su cintura hasta una nalga perfecta. Tersa, suave, perfecta.

Sabía lo que vería cuando me mirara a los ojos. Mi lobo estaba en la superficie, aullando por reclamarla. Esas palabras sucias y la forma en que me respondió me tenían al borde. Incluso sus inexpertas palabras cuando dijo que mi lobo era un mojigato.

—Mírame a los ojos, cariño. ¿Te parezco humano?

Jadeó. Estaba seguro de que mi lobo se estaba mostrando, haciendo que mis ojos cambiaran de marrón a ámbar, como hacían cuando estaba enfadado o exci-tado. Y ahora mismo estaba más que excitado, sobre todo cuando mi compañera estaba tan preciosa con esas tetas saliéndosele hacia adelante con su delgada camiseta.

—No —aceptó.

—Soy todo lobo, amor. Y mi lobo quiere reclamarte como su compañera predestinada. Eso significa que no voy a follarte hasta que estés totalmente segura. Hasta que no tengas más preguntas. No significa que no voy a hacer que te corras, porque ese es mi trabajo ahora, pero vamos a esperar.

Le agarré el culo para mantenerla quieta. El destino sabía que sentirla retorcerse sobre mi pene me estaba volviendo loco. Tenía mi verga tan dura que temí que se rompiera.

—¿Cuál es la diferencia? —Su voz sonó ronca de deseo.

Pensó que reclamarla era el sexo.

Que sí lo era, pero era mucho más.

—Reclamarte significa que eres para mí. Para siempre, cariño —le expliqué—. Yo estoy convencido. Ya sé que eres la única para mí. Pero supongo que aún tengo que demostrártelo.

Me pasó las manos por el pecho, explorando mis músculos.

—¿Estás diciendo que esto es algo que será para siempre?

Era muy difícil concentrarse con sus suaves caricias.

—Sí. Sé que esto es probablemente mucho que asimilar, y yo lo he puesto más complicado. Admito que drogarte, secuestrarte y atarte no fue lo mejor. —Suspiré, agradeciendo a mis estrellas de la suerte que no se estuviera volviendo loca, que estaba intrigada. Me quería. Quería esto. Si no, no estaría en su cama. La pregunta era, ¿realmente entendía el para siempre? Los humanos tenían el matrimonio en los que decían los votos del para siempre, pero existía el divorcio, que era una salida.

Con los cambiaformas tras reclamar no había salida.

—Eres mía, cariño. —No podía dejar de decirlo, aunque sabía que no era un consuelo para mi nerviosa compañera—. Nunca pensé que encontraría a mi compañera predestinada. Y ahora la compulsión biológica es intensa. Créeme, me está costando mucho contenerme para no follarte. Pero ese coño es demasiado dulce para renunciar a probarlo otra vez.

Con facilidad, la agarré por las caderas, le arranqué los diminutos pantalones cortos del pijama y los tiré a un lado. Mientras jadeaba sorprendida por mi prisa y mi ansia por desnudarla, sus ojos también se calentaron. Le gustaba intenso, lo cual era bueno porque me estaba conteniendo.

Tenía que hacerlo por ahora.

Pero eso no significaba que no pudiera sacudir su mundo. La levanté y la puse a horcajadas sobre mi cabeza. Se agarró al cabecero con una mano para mantener el equilibrio, aunque no iba a ir a ninguna parte.

—¡Cody! —Sus ojos sorprendidos y divertidos me miraron fijamente. Su mirada de confusión, interés y diversión me provocó una locura en el interior del pecho.

—Siéntate en mi cara, cariño.

Su boca se abrió formando una o que sería perfecta para mi pene. Mierda. Después. Me la chuparía en otro momento.

—Cody. —Cuando vaciló, la bajé para poder lamerle desde el culo hasta el clítoris—. ¡CODY!

No había mejor momento que el presente para enseñarle sutilmente que ninguna parte de ella estaba prohibida. Tenía más de un agujero virgen, y yo los tomaría todos.

Diablos, qué bien sabía. Dulce y picante, como su personalidad. Me quedaría a vivir entre sus muslos si pudiera.

Jadeó cuando la lamí, separando los pliegues de su sexo con la lengua. Le chupé los labios, pasé mi lengua por el interior. La penetré con ella.

Finalmente, asentó su peso sobre mí al ritmo del vaivén de sus caderas de una manera que hizo que se chorreara en mi barba.

—Qué rico, maldición.

Le pasé la lengua por el clítoris mientras introducía lentamente un dedo en su estrecho canal.

—Cody...

Destino, ese pequeño gemido en su voz casi hace que me corra en los calzoncillos. Un solo dedo me quedaba apretado. Iba a estrangularme el pene cuando llegara el momento.

—Muy bien así, cariño —le insistí, soplándole la

carne hinchada con mi aliento—. Menéame esas caderas y muéstrame cómo te gusta.

Entré y salí mientras movía la lengua alrededor de su clítoris.

Me apretó el dedo, jadeando, con sus muslos internos tensos y temblorosos alrededor de mis hombros.

—Pórtate bien. Córrete para mí, cariño. —Fijé mis labios en su pequeño bulbo y chupé con fuerza.

Riley gritó y sus músculos temblaron a mi alrededor, sus muslos me apretaron la cabeza.

Dejé de introducir mi dedo y dejé que continuaran sus ondas de satisfacción. Se estremeció y tembló entre gemidos y jadeos.

Rompí la succión alrededor de su clítoris y lo lamí suavemente con la lengua.

—Muy bien, Riley. Así me gusta —la elogié, empujándola hacia atrás, para que pudiera recostarse encima de mi pecho de nuevo—. Nunca me cansaré de eso.

La envolví en mis brazos mientras me lamía los labios, disfrutando su sabor.

—Es tarde. Descansa un poco.

Levantó la cabeza.

—¿Qué? ¿Eso es todo?

—Duerme, cariño. Tienes trabajo y clase por la mañana. Mañana por la noche no te dejaré dormir y te pondré a gritar otra vez.

Se apartó de mi pecho y bajó por mi cuerpo hasta

quedar a horcajadas sobre mis rodillas. Sus manitas se dirigieron al reborde de mis calzoncillos y empezaron a bajármelos antes de que mi cerebro pudiera procesar algo más: ¡estaba buscando mi pene!

Puse una mano sobre la suya, y su mirada se apartó de mi enorme y durísima verga que acababa de exponer para encontrarse con la mía.

Estaba flotando encima de mí, sus labios carnosos a centímetros de la punta, desnuda de cintura para abajo, las tetas apenas cubiertas por su delgada camiseta. No había visto nada más perfecto en mi vida.

—Enséñame a chuparte esa verga.

14

RILEY

Se quedó callado unos segundos el tiempo suficiente para que yo empezara a entrar en pánico. Tenía tanta experiencia. ¿Lo estaba haciendo mal? Yo pensé que a los tíos les encantaban las mamadas. ¿Estaba...?

—¿Quieres que haga mía esa boquita virgen, cariño? ¿Que la reclame con mi verga?

Me relamí los labios porque ¡sí, eso quería!

Aunque obviamente sabía que yo nunca habían dado una mamada, no iba a decirle que era la primera vez que veía una verga. Las había visto antes en el porno y en fotos, pero no en la vida real, mucho menos con un chico guapo como Cody. Nunca imaginé una tan grande. No era como el brazo de un bebé ni nada por el estilo, pero se me apretó el coño ante la duda de si me cabría. Largo y grueso, se le curvaba hasta el ombligo. Unas venas abultadas palpitaban en la parte inferior. Y esa cabeza, la corona con una gota de fluido deslizándose por la tensa piel. No estaba segura de poder rodear todo con la boca.

Aun así, tenía ganas de intentarlo. Ya no estaba cansada. Mi coño latía y palpitaba con necesidad de más. Mi cuerpo estaba relajado y satisfecho por aquel orgasmo que me había dado Cody. Pero no era suficiente.

Quería complacerlo a él también. Yo, no Tessa la provocadora tetona. Yo.

—Sí —dije, relamiéndome los labios.

Apoyándose en los codos, se subió a la cama y se apoyó en las almohadas. Sonrió.

—Tengo que ver a mi chica tomar cada centímetro mío por primera vez.

Su chica.

Derretida.

Debió darse cuenta de que no sabía por dónde ni cómo empezar.

—Agárralo —me instruyó.

Me moví hacia arriba hasta quedar encima de él y luego agarré la base.

Siseó y sus caderas se sacudieron. Mis ojos volaron al encuentro de los suyos.

—Más fuerte. No me harás daño, cariño.

Apreté.

—Así. Ahora lame ese líquido preseminal. Es para ti.

Cual gata, saqué la lengua y sorbí la perlada gota. Era salada y diferente...

—Diablos, cariño. Mírate.

Una tímida sonrisa se formó en mi rostro ante su elogio.

—Ahora métete la cabeza en la boca. Lámela.

Abrí muy bien y obedecí, pasándole la lengua como si fuera una piruleta.

Cody gruñó, y mientras lo tenía en la boca, lo miré.

—Así. Ojos aquí arriba. Ahora toma más de mí. Dentro y fuera más y más profundo.

Bajé un poco la cabeza, metiéndome un poco más de él en la boca, y luego eché hacia atrás. Volví a hacerlo, un poco más profundo, y luego aún más, hasta que me chocó con la garganta y me entraron arcadas.

Me aparté y me incorporé, usando el dorso de la mano para limpiarme la boca.

Se la agarró y empezó a frotarse, despacio, sin prisas, como si me estuviera dando un pequeño respiro.

—Lo estás haciendo muy bien —murmuró—. Qué rico que chupas pene. ¿Lista para más?

Ese travieso elogio me hizo asentir. Apartó la mano y volví a tomar el mando.

Quería hacer que se corriera. Quería hacerle olvidar a Tessa y a todas las otras mujeres con las que había estado antes. Quería que perdiera la cabeza por mi boca, mi cuerpo. Por mí.

A mi boca había vuelto, y esta vez tomé todo lo que pude, luego respiré por la nariz. Me relajé y seguí chupando.

—Diablos.

La única palabra fue acompañada por el levantamiento de sus caderas, de modo que prácticamente me estaba follando por la garganta. Me caían lagrimas por las mejillas, pero no me detuve.

—Así, diablos. Sí, buena chica. Mira esos labios bien estirados. Tan profundo en esa garganta.

Estaba tan excitada haciendo esto por él, que quería correrme. Me metí la mano entre los muslos y me toqué el clítoris.

—Diablos, chica glotona. Lo haces tan bien que me voy a correr en esa garganta. Traga bien, cariño.

Levantó las caderas y me atiborró la garganta con cada centímetro gordo de pene. Los chorros de semen caliente no paraban. Era como si lo hubiera estado guardando todo para que yo lo probara.

—Riley. Maldición, cariño.

Gemí cuando me corrí con el pequeño orgasmo que me sacudió. No se parecía en nada a los que me provocaba Cody, pero, combinado con su sabor salado en mi lengua, me hizo sentir tan traviesa, tan suya. Y aún no habíamos tenido sexo.

15

RILEY

ME DESPERTÉ de un sueño profundo con voces y aroma a café. Como vestía nada más que la camiseta, me puse la bata y me dirigí a la cocina.

—...para arrestarte.

Me detuve justo dentro de la sala al oír la voz de mi padre cortando la madrugada como un cuchillo. No estaba hablando por teléfono. Estaba hablando con Cody, que estaba sin camisa. Literalmente todo un Dios del Olimpo.

Mierda.

Cody me vio y giró la cabeza. Me guiñó un ojo. Eso hizo que mi padre también me mirara.

—Riley Jane Abbott, ¿qué diablos está pasando aquí?

¿Cody McIntire? —Su voz retumbó en todo el primer piso.

—No le hables así a tu hija —espetó Cody. Ay no, no se iba a convertir en lobo, ¿verdad?

—Hablaré con mi hija como me parezca. Yo soy el que manda aquí.

Papá era un hombre formidable. Era alto y ancho de hombros, hacía ejercicio y se mantenía en forma. Pero no le llevaba nada a Cody. Cody era más alto, más grande, más fuerte y más peligroso, aunque él no era el que tenía la pistola reglamentaria. Lo último que quería que hiciera era dispararle a Cody. Por como le sobresalían las venas del cuello, papá estaba enojado. Muy enojado.

—Papá —dije, con los hombros caídos.

—No me vengas con papá. —Me señaló—. Me voy del pueblo por dos días y...

—¿Ha terminado el juicio? —pregunté, tratando de llevarlo a temas más seguros.

Al recordar que solo tenía puesta la bata, la cerré bien fuerte. Mi padre ya me había visto con ella puesta. No era nada atrevido, pero estaba desnuda, o casi desnuda. Y recordar por qué estaba así me hizo sentir muy expuesta.

—Qué pesadilla. El juicio previo fue un coñazo. Aceptó un acuerdo, así que el imbécil estará tras las rejas los próximos veinte años. Esperemos que así cesen todas las amenazas y llamadas molestas de su... —Se calló y me miró con los ojos entrecerrados—. Qué bien que cambias de tema. —Desvió la mirada y miró a Cody como si fuera caca de perro lo que había pisado—. Si no hubiera vuelto cuando lo hice, yo...

—No habrías irrumpido en casa de tu hija adulta haciendo cosas de adultos —dijo Cody.

Si no estuviera flipando, me parecería irónico que Cody acusara a papá de irrumpir en casa.

Mi padre se volvió hacia Cody.

—¿Cosas de adultos? ¿Como follarse a un cuarentón? Por Dios, Cody, fuimos juntos al instituto. ¿Has echado a todas las mujeres mayores del pueblo?

Cody no parecía sentir la misma vergüenza que yo con las palabras mordaces de papá.

—No follamos —dije, usando la misma palabra grosera que él.

Mi padre se giró hacia atrás.

—Él no trae camisa. Sus botas están junto a la puerta. Tú estás en bata. Seguro que no estáis jugando al gin rummy juntos.

—No es lo que crees —empecé.

Papá me miró con los ojos entrecerrados.

—No quieres saber nada más de lo que creo. —Se puso las manos en las caderas y miró a Cody—. Lárgate de aquí. Como te vea cerca de mi hija en el mismo bloque del pueblo, haré que te metan en la cárcel. Luego mandaré al inspector de sanidad a tu bar. Eso es lo que se me ocurre ahora. Jodiste a mi hija, así que te voy a joder a ti.

—¡PAPÁ! —grité, con lágrimas en los ojos.

Cody levantó la mano. La única vez que se enfadó en todo esto fue cuando papá me habló mal. Me defendió.

—Me iré.

—Bien. Empieza ya.

Nunca había visto a mi padre tan enfadado.

Cody me miró, inclinó la barbilla, cogió sus botas y salió por la puerta. Sin camisa, descalzo. Demasiado vergonzoso.

Durante un minuto, la casa quedó en silencio, salvo por la respiración agitada de mi padre.

—Papá... —empecé a decir.

Levantó la mano, interrumpiéndome.

—Él no vuelve, Riley.

—Sí, porque amenazaste su vida y su trabajo.

—No, porque consiguió lo que quería. Cody McIntire es un maldito mujeriego, y lo sabes por los chismes de todo el pueblo. Le di la excusa perfecta. Ahora no volverá por aquí a decirte que fue divertido y a romperte el corazón.

Algo se hundió en la boca de mi estómago. Cody era un mujeriego. Lo había visto anoche en el bar. Pero había dicho que yo era su compañera.

Bueno, eso podía ser algo que Cody le decía a todo el mundo.

Quizá sólo era digna de un... ¿cómo le decía mi padre? Un polvo.

El cerebro me daba vueltas. Apreté los dedos temblorosos para contener la oleada de sensación de pérdida y confusión.

—Vístete y vete a trabajar —espetó.

Sin decir una palabra más, se marchó y, por primera vez, sin depositar un beso paternal en mi cabeza. De hecho, ni siquiera me miró a los ojos.

16

CODY

Ella estaba en el trabajo. No podía colarme en un puto preescolar y decirle todo lo que quería. La reacción de su padre fue la que esperaba: nuclear.

Tenía mala fama en el pueblo de ser un cazador de mujeres, y Kyle Abbott tenía fama de ser sobreprotector con su hija.

La verdad era que no me acostaba con tantas mujeres. Solo coqueteaba mucho porque me generaba propinas y no le hacía daño a nadie. Pero la gente del pueblo no lo sabía.

Había observado la cara de Riley mientras su padre me gritaba, la conmoción y el dolor apoderándose de sus rasgos perfectos. Quería envolverla en mis brazos y decirle que todo iba a salir bien. Mi lobo rugió con la necesidad de hacerlo.

Pero si Tessa se había portado como una zorra con Riley ayer por la noche sin saber a ciencia cierta que estábamos juntos, y su padre había actuado como lo había hecho, el resto del pueblo iba a sacar las palomitas y a disfrutar del espectáculo en cuanto se supiera de nosotros. Podía soportarlo. Me importaba una mierda. Además, después de que la marcara, los cambiaformas del pueblo entenderían y apoyarían nuestra unión.

Pero Riley no necesitaba que nadie viera, ni siquiera pensara, nada malo de ella. Al pueblo lo iba a diezmar si eso hacían.

Necesitaba mandarle un mensaje para cerciorarme de que estaba bien.

> Cariño, ¿estás bien? Siento lo de esta mañana. Tu padre entenderá.

Pasaron los minutos y no respondió.

¡Diablos! Estaba trabajando. Tal vez tenía el móvil apagado.

O tal vez estaba enojada porque me fui o dolida.

O avergonzada de lo que había hecho conmigo.

Diablos, quizás después de que me fuera, su padre la convenció para que se alejara de mí. Eso sería un gran problema para mi lobo.

El recelo se retorcía en mi pecho.

¿Y si ser mi compañera era demasiado estresante para Riley? No quería que sufriera por esto que el destino le deparaba. Diablos, ¿era esto justo para ella?

Normalmente me pasaba medio día durmiendo, pero hoy no. Me subí a mi camioneta y me dirigí al rancho Wolf. Me dije a mí mismo que iba allí para informar a Rob, pero él me había visto la otra noche, y nada había cambiado. O al menos para el bien de la manada.

Me había dado una semana para reclamarla. Su padre prácticamente me desterró de su presencia. Esto se estaba yendo por el desagüe con cada segundo que pasaba.

Otro posible desastre era que tenía que contarle a Tyler lo que estaba pasando. Lo último que supo fue que iba a tranquilizar a su cita y llevarla a que le borraran la mente. Entre la otra tarde y esta mañana, todo había cambiado.

No solo todo mi futuro, sino también el suyo.

Mierda, su cita pronto iba a ser su madrastra, si todo iba según lo previsto. El problema era que llegar de aquí a la meta parecía infinitamente imposible.

Tal vez joder las cosas con el padre de Riley me hizo querer asegurarme de manejar mi propia familia un poco mejor. Ahí era donde entraba Tyler. No iba a dejar que nada se interpusiera entre nosotros. La sorpresa nunca era bienvenida en cosas como esta.

Aparqué cerca del barracón donde Tyler se había mudado este verano y volví a mirar el móvil.

Aún no tenía respuesta de Riley. Le envié otro mensaje. Tenía que asegurarme de que supiera que me había ido de su casa esta mañana para apaciguar a su padre, no que la había dejado.

> Eres perfecta. La única mujer para mí.
> Me aseguraré de que tú y tu padre
> creáis eso.

Esperéunos minutos y seguí sin respuesta. Me bajé de la camioneta y me puse el sombrero. El barracón estaba vacío, lo cual tenía sentido. Rob no les pagaba a sus peones para que se sentaran a jugar a las damas mientras se hacía de día. Podía ir a casa de Rob, pero no quería verle la cara cuando le contara lo último.

En lugar de eso, volví a enviar un mensaje a mi compañera.

> Espero que el que no me contestes sea
> porque estás ocupada en el trabajo,
> pero voy a reventarte el móvil con
> mensajes hasta que sepa que estás
> bien.

—¿Cody?

Boyd Wolf apareció por detrás del granero. Era un viejo amigo mío de sus primeros días en el circuito. La antigua estrella del rodeo se había apareado, no hacía mucho, con una doctora humana del pueblo. De hecho, un montón de machos del rancho habían marcado a hembras humanas, lo que me hizo más fácil creer que el destino había elegido a una para mí.

Con él estaban Johnny, uno de los peones más jóvenes del rancho, y Clint, que vivía en el pueblo con su pareja y su nuevo bebé, Lily.

Levanté una mano y sonreí porque estaban discutiendo sobre cuándo Lily iba a empezar a tener citas. Como tenía apenas un año, la sola idea hizo que Clint frunciera el ceño.

—Hola, chicos.

Les di la mano a Clint y a Johnny.

—Me alegro de verte —dijo Clint, y luego inclinó la cabeza—. Él es Weston Sparks. Ha venido de una manada de Colorado para ayudar por aquí. Es herrador, pero te juro que es un domador de caballos. También de ganado.

El chico nuevo me ofreció una sonrisa y la mano. Era pelirrojo y tenía una barba que rivalizaba con la mía. Su corpulencia probablemente se debía a que se pasaba el día tratando con caballos.

—Me llamo Wes. No le hagas caso. Les subo la voz, sobre todo cuando se portan fatal.

—Cody McIntire. Encantado de conocerte.

—Vamos al pueblo a busca suministros —dijo Clint.

Wes se quitó el sombrero de vaquero y siguió a Clint y Johnny mientras subían la colina en dirección a la casa principal. Sin duda, Marina tenía una lista enorme de suministros de repostería necesarios para su creciente negocio.

—Me he enterado de que el destino te ha lanzado una bola curva —dijo Boyd una vez que se fueron.

Miré a mi alrededor buscando a Tyler.

—¿Lo sabías? ¿Lo sabe Tyler?

Negué con la cabeza.

—No. Rob me lo dijo en secreto. ¿No se lo has dicho a Tyler todavía?

Gruñí y me quité el sombrero para pasarme los dedos por el pelo.

—No. Por eso estoy aquí. No quería que se enterara en el pueblo. No estoy seguro de cómo se lo va a tomar. De alguna manera, que tu amiga vaya a ser tu nueva madrastra no me parece una noticia tan bien recibida.

Boyd me dio un golpe en el hombro.

—Lo entenderá. O si no lo hace ahora, lo hará cuando tenga la suerte de encontrar a su pareja.

Volví a gruñir.

—Eso no me hace sentir mejor. Si no encuentra a su pareja hasta mi edad, son más de veinte años para que me odie a muerte.

Soltó una carcajada pensando que estaba bromeando. Hablaba en serio.

—Si quieres dar una vuelta, sé dónde está Tyler hoy por la mañana. Está fuera revisando las vallas.

—Gracias. —Seguí a Boyd de vuelta al establo y me dio una silla de montar.

—Esa es Bella —dijo, abriendo la puerta del establo a una yegua pinto—. Puedes montarla.

Saqué a Bella de su establo y la ensillé. A pesar de que tenía un bar en el pueblo, sabía montar a caballo.

—El verdadero meollo no es cómo se lo va a tomar Tyler, sino cómo está llevando Riley la noticia —comentó—. Imagino que es mucho para que lo asimile una humana de su edad. —Boyd ensilló un alazán y sacó al semental del establo.

Lo seguí con la yegua.

—Ni que lo digas. También está el padre para añadir a la mezcla. Me pilló en casa de su abuela esta mañana.

Boyd dio un paso atrás, como si me revisara en busca de agujeros de bala.

—Bueno, si no tenemos que fingir una visita a urgencias, lo habrás llevado bien. —Se subió al borde de un abrevadero y se subió a su caballo.

Resoplé y seguí el ejemplo para montar a Bella.

—Difícilmente. No sacó la pistola, pero seguro que se lo pensó mientras me amenazaba con arruinarme el negocio. Pero a mí eso me importa una mierda. Es Riley quien me preocupa.

La expresión de Boyd se volvió comprensiva.

—Sí. ¿Cómo se lo tomó? Ellos son muy unidos, ¿no?

—Sí, su madre se marchó de su vida y de Cooper Valley cuando era pequeña, así que están solos ella y su padre. No se lo tomó bien. —Volví a mirar el móvil—. Y no contesta mis mensajes. —No solía ser un idiota que pasaba mirando el móvil cuando estaba en medio de una conversación, o de una cabalgata, pero no podía evitarlo—. Espera, voy a enviarle otro.

Ignoré la risita de Boyd mientras tecleaba mi siguiente mensaje. Puede que mi situación le causara mucha gracia, pero recordé cuando tuvo que ocultarle a Audrey que se había curado de una cornada de toro, la cual le había curado después, para darse cuenta de que era su compañera.

Eres mi hembra. La única para mí.

—Mierda, te trae mal ¿no? —Boyd instó a su caballo para que avanzara por un sendero desgastado a lo largo de la línea de la valla.

—Vete a la mierda. Ya sabes cómo es. Por lo menos tu compañera no creció en este puto pueblito. Tengo que lidiar con todo el asunto de mi reputación de mujeriego no solo con Riley, sino con cada puto ciudadano que va a ir a advertirle que se mantenga alejado de mí.

—Sí, eso es un problema. Aunque Audrey creía que era un mujeriego con cada mujer en cada parada del circuito de rodeo. —Se pasó una mano por la nuca mientras admitía—: Mierda, eso era cierto antes de conocerla.

—Peor que el líder del pueblo sea tu hermano. La orden de Rob es como si me respirara en la nuca. Me dio una semana. Una semana para hacer que una adolescente quiera comprometer toda su vida con un tío que le dobla la edad, o le borrará la mente. Estoy tan jodido.

Boyd puso su caballo al galope.

—Ella lo sentirá.

Bella aceleró por sí sola para andar al lado del caballo de él.

Lo volteé a mirar.

—¿Qué? ¿La conexión?

—Sí. Ella no tiene un contexto para ello como nosotros, pero lo sentirá.

—Eso es lo que he intentado enseñarle. Pero creo que inclinarse hacia el sexo también es un error, sobre todo con mi reputación. Y con el hecho de que ella es virgen.

Silbó.

—Estás metido en un lío, pero recuerda, solo han pasado, ¿qué, dos días? Tengo fe en ti, tío. —Boyd sonrió—. Todo el mundo sabe que podrías encantar a cualquier dama del pueblo. Este es el reto para el que naciste.

Negué con la cabeza. Mis habilidades podrían jugarme en contra en este caso.

Doblamos una curva, frenó a su caballo y señaló con el dedo.

—Ahí está Tyler.

Seguí su mirada y vi un caballo pastando y luego divisé la figura de mi hijo agazapada junto a una valla.

—Gracias, Boyd. Te lo agradezco.

Se inclinó el sombrero y giró su caballo en la dirección por la que habíamos venido.

—No pasa nada. Buena suerte con el niño. —Se rio y añadió—: Con los dos.

—Estupido —murmuré, de buena gana, mientras me detenía para enviarle otro mensaje de texto a Riley.

Te quiero a ti. Eres mía. Aquí estoy.

Envié el mensaje y pateé a Bella hacia delante. Tyler se puso en pie y se tapó los ojos con la mano.

—¿Papá?

—Hola, hijo. —Me acerqué a la valla y me bajé de Bella, soltando las riendas, para que pudiera pastar en la hierba fresca y las flores silvestres con el caballo de Tyler.

—¿Qué haces aquí? —La frente de Tyler se arrugó con preocupación—. ¿Ha salido todo bien con Riley?

—Bueno, sí y no —dije—. Tengo algo que decirte.

17

RILEY

SALÍ de mi clase de estadística y terminé por hoy. Esta mañana he trabajado en el preescolar y luego he pasado la tarde en el campus de la universidad. Gracias a Dios por los niños pequeños demandantes y las complejas ecuaciones matemáticas que al menos han evitado que mi mente diera vueltas constantemente en la pelea de esta mañana con mi padre.

Honestamente, había estado ansiosa por eso todo el día. Sabía que tenía mal genio, pero nunca conmigo. Nunca lo había visto tan enojado ni con tanta ira dirigida hacia mí. ¿Qué pensaba Cody de todo esto? ¿Fueron suficientes las amenazas de mi padre para que se alejara?

Una parte de mí quería creerle a mi padre. Era cierto

que Cody era un mujeriego. Todo el mundo sabía que era un ligón, y a todas las mujeres, mayores y jóvenes, les encantaba coquetear con él. Era guapo, encantador y dueño de un bar. Eso lo convertía en una estrella del rock en Cooper Valley.

Pero mi padre no sabía que era un lobo cambiaformas, ni que los lobos supuestamente tenían una pareja de por vida y que él decía que yo era la suya.

Encendí el móvil mientras caminaba por el pasillo y... Ay, ¡ocho mensajes de Cody!

Los ojeé rápidamente y se me saltaron las lágrimas. Todos eran dulces y tranquilizadores. No había decidido que yo no merecía la pena. Esto era real.

Cuando todos los demás alumnos terminaron la clase, salí, con la cabeza todavía encima del móvil, releyendo sus mensajes.

—Hola, cariño. —El rugido bajo tenía un gruñido sexy que fue directo a mi coño.

Levanto la cabeza al oír una voz familiar. Se me dibuja una sonrisa en la cara al ver a Cody recostado de la pared de ladrillo, con los musculosos brazos cruzados sobre su glorioso pecho.

—¡Cody! ¿Qué estás haciendo aquí?

Me recorrió con la mirada, como si evaluara cada centímetro de mí.

—No sabía nada de ti. Estaba preocupado.

Me desvié hacia él, dispuesta a lanzarme en sus

brazos, pero me detuve en seco, a un metro de distancia. Miré a los lados. Tal vez no debería. En público no. Después de la reacción de mi padre y la mujer del bar parecía que nuestra diferencia de edad iba a ser un problema para todos en este pueblo.

Pero Cody me cogió por la cintura y me atrajo hacia su duro cuerpo. Mis manos se posaron en su duro pecho.

—Necesito olerte —murmuró en mi pelo—. La luna llena que se acerca me está dando un hambre de mil demonios por mi compañera.

—Oh... Vale —reí torpemente mientras él inhalaba profundamente. Me encantaba cómo me abrazaba. Era una suave caricia, pero como si nunca quisiera soltarme.

—Así está mejor. —Me soltó, pero solo un poco. Pasó una mano por nuca e inclinó mi cara hacia la suya—. Ahora un beso.

Un beso. Dios, sí. No había nada en el mundo como besar a este hombre.

O más bien que él me besara porque él hacía todo el trabajo. Acercó su boca a la mía y se quedó ahí un momento, dejando que la expectación aumentara.

Las opiniones de los demás se esfumaron.

Funcionó: ya estaba temblando por él.

Luego me mordisqueó la boca, saboreándome una, dos veces, antes de besarme profundo. Su lengua se deslizó entre mis labios, empujando. Mis dedos se enroscaron en su camisa y apreté la tela, acercando más mi cuerpo.

Rompió el beso unos pocos segundos y luego siguió besándome, girando mi cabeza para que coincidiera con el ángulo de la suya mientras su otra mano se deslizaba hacia abajo para acariciarme el culo. Me fundí con su cuerpo y perdí la noción de dónde acababa el mío y empezaba el suyo.

Fue un beso épico. No sé cuánto tiempo estuvimos besándonos, pero el suficiente para quedarme sin aliento, acalorada y dispuesta a arrancarme la ropa para él. Como no me quitara pronto la virginidad, me iba a desaparecer.

—Cody —gemí cuando se apartó y se frotó los labios con una sonrisa de satisfacción.

—Estás mojada —se regodeó.

Me sonrojé al recordar que podía oler mi excitación. Bajé los ojos hacia sus vaqueros.

—Y tú estás duro.

Ajustó su erección, con sutileza, ya que estábamos en un lugar público.

—Es todo para ti, cariño.

Me quedé allí unos segundos y traté de encontrar una neurona o dos para recordar dónde estaba y qué estaba pasando.

—Hoy tenía el móvil apagado. —Todavía sonaba sin

aliento por el beso—. Lo siento. Acabo de ver tus mensajes.

—¿Entonces estás bien? —Bajó la cabeza para mirarme a los ojos. Sus ojos oscuros estaban llenos de preocupación.

El corazón se me aceleró. Nunca había tenido tanta atención en mi vida, y se sentía... delicioso, intoxicante. También me daba un poco de miedo, porque una parte de mi cerebro me advertía de que no me enamorara perdidamente de aquel hombre. ¿Había usado la estrategia de la «compañera predestinada» con otras mujeres? ¿Era un juego para él como decía mi padre?

Aunque eso no tenía sentido. O tenía sentido si Cody no era un cambiaformas. No podía jugar a la pareja eterna con otras mujeres humanas. Y, aparentemente, un lobo cambiaformas sabría si era su pareja o no por el aroma y estaría totalmente convencido desde la primera olisqueada. ¿Cierto?

Dios, necesitaba entender más todo esto.

Pero ahora me estaba mirando, esperando una respuesta.

—Estoy bien, pero ¿por qué te fuiste esta mañana?

Suspiró.

—Porque es tu padre y merece nuestro respeto.

—Pero...

Me puso un dedo en los labios para hacerme callar. Sus ojos azules se encontraron con los míos.

—Sé que entró dando tumbos en tu casa. Aunque va a tener que aceptar que estemos juntos, no deberíamos restregárselo en la cara.

—¿Restregárselo? Irrumpió en mi casa —repetí—. Tampoco era que nos estábamos dando muestras de afecto masivas en la tienda de la esquina. —Miré a mi alrededor—. O en mi universidad.

—Si una mujer se quedara a dormir con tu padre, ¿te gustaría entrar y verla nada más que con la camiseta de tu padre haciendo café?

Me encogí con esa imagen mental que pintó.

—Dios, no.

—Exactamente. Tendrías que llegar a un acuerdo con él con esta mujer porque es un hombre adulto, y puede hacer lo que quiera, pero debería mantener algunas cosas en privado.

Me mordí el labio inferior, pensando. Luego asentí.

—Tienes razón.

—Me fui porque él necesitaba tiempo para calmarse.

—Te dio una salida —le dije—. Te dijo que te alejaras y has podido hacerlo.

Gruñó.

—Eso no va a pasar, cariño. Ni de coña. Por eso estoy aquí. Déjame llevarte a cenar para que podamos hablar.

18

RILEY

¿A CENAR? ¿Solo nosotros dos? Seguramente no estaba hablando de una hamburguesería de la calle del centro.

—Sí, me gustaría... Espera. —Cerré los ojos, deseando no tener que rechazarlo—. Lo siento. Otra vez no puedo. Voy a cenar con mi nana en la casa de retiro.

Los ojos se le ensancharon y luego sonrió.

—¿Tu nana? Entonces iré contigo.

Mis cejas saltaron.

—¿Qué?

—Riley Abbott, jugar a los bolos con tus amigas es una cosa. Pero tú eres la persona más importante para mí en el mundo, y quiero conocer a tu familia. Las cosas no salieron bien con tu padre, pero tal vez pueda poner a tu abuela de mi lado.

Me reí, pensando en mi impulsiva y algo imprudente Nana.

—Seguramente puedas —admití—. Dios sabe que se te dan bien las mujeres.

La sonrisa de Cody se atenuó.

—Solo una mujer ahora —prometió—. Solo tú, cariño.

El corazón me palpitaba en el esternón. Quería creerle. Dios, quería creerle. Pero, ¿era eso lo correcto? ¿Me estaba preparando para ser destruida por este magnífico mujeriego? Dios sabía que Cody McIntire me habría parecido completamente inalcanzable hace una semana. Tal vez me estaba engañando a mí misma sobre el significado esto. Si yo era una más en una larga cadena de momentos divertidos para Cody, iba a doler mucho. Y tendría que decirle a mi padre que tenía razón, lo cual sería una mierda.

¡Caramba! ¿Por qué mi padre tenía que meterme dudas en la cabeza?

Cody me rodeó la cintura con un brazo y me llevó hasta mi coche en el aparcamiento cercano, abriéndome la puerta como un caballero. Cuando me acomodé en el asiento, me abrochó el cinturón y me besó en la frente.

—Voy detrás de ti, cielo. Retiro Olmo Blanco, ¿correcto?

Era el único sitio del pueblo, así que fue fácil adivinarlo. Y era correcto.

—Sí.

Me guiñó un ojo y cerró la puerta. Me quedé allí sentada un momento, radiante. Mi cerebro seguía intentando hacerle agujeros a la euforia, pero era inútil. Estar cerca de Cody McIntire, ser el objeto de su atención, me hacía delirar. Era demasiado bueno para creerlo.

¿Verdad?

Seguí dándole vueltas a todo mientras conducía hacia Olmo Blanco. Después de aparcar, me quedé en el coche unos minutos esperando a que apareciera la camioneta de Cody. ¿Por qué tardaba tanto?

La voz en mi cabeza me dijo que me preparara. No iba a venir. Encontró a alguna mujer por el camino, la recogió y se fue del pueblo como mamá había hecho con aquel fotógrafo de naturaleza.

—Ya vendrá —murmuré con seguridad, saliendo del coche al reconocer lo estúpidos que eran mis pensamientos.

—¡Hola, Riley! —Sarah, la recepcionista, me recibió cuando entré—. Tu abuela está en la sala de juegos, socializando como siempre.

Claro que sí.

Encontré a Nana cacareando, recogiendo un montón de fichas delante de ella, claramente tras haber ganado una partida de cartas. Sus amigas echaron sus cartas al suelo, frustradas, mientras ella me sonreía.

—¡Riley! Justo a tiempo. Acabo de limpiar la mesa.

—Espero que no estés jugando por dinero, Nan. —Me incliné y le di un beso en la mejilla y saludé a los demás que estaban en la mesa. Los conocía a todos, y sin duda ellos sabían todo sobre mí. A Nana le encantaba compartir historias sobre su única nieta.

—¿Por qué? ¿Preferirías que juguemos por ropa? —preguntó y luego guiñó un ojo.

Me reí. Sus amigas fingieron sorprenderse, pero yo sabía que les encantaba su espíritu libre. Su amiga, la señorita Ruby, me había dicho una vez que antes todo era aburrido hasta que Nana se vino a vivir acá.

—No, solo jugamos por la fama callejera, y yo la tengo toda —declaró Nana, levantándose de la silla—. Ahora vamos a comer. Vosotros, perdedores dolidos, podéis quedaros donde estáis porque tengo una cita con mi encantadora nieta. —Me cogió del brazo y se apoyó en mí mientras caminábamos despacio hacia el comedor.

—¿Has hablado con el médico sobre tu reemplazo de cadera? —le pregunté. Hacía quince años que se la habían cambiado, pero los últimos años le había causado mucho dolor. Ella fingía que no, pero la razón principal por la que se había mudado a Olmo Blanco era porque había demasiados escalones en su casa.

—Pshh —se burló Nana—. No hay nada de qué hablar. Me va a decir que necesito que me pongan una cadera nueva, y no quiero volver a pasar por eso.

—Aquí están mis encantadoras citas de esta noche.

Sentí la reverberación de la voz de Cody justo entre mis piernas. Sí. Ocurría cada vez que hablaba. Nana dejó de caminar y levantó la vista, y los ojos se le abrieron de par en par detrás de sus gafas.

—¿Qué es esto? —Miró detrás de nosotras para comprobar a quién se dirigía él.

Delante de nosotros estaba Cody, con dos ramos de flores gigantes en mano. Eran lo que le llevaba el tiempo extra. Flores.

A mí nunca me habían regalado flores, y la expresión en la cara de Nana me dijo que eran un sueño a cualquier edad.

Mierda, se estaba esforzando. Tenía que ir en serio con esto.

Conmigo.

Mentalmente le saqué a mi padre el dedo corazón por poner dudas en mi cabeza.

—Esto es para ti, cariño. —Cody me entregó un fragante ramo de grandes lirios blancos de Casablanca y rosas blancas mientras se inclinaba para darme un beso en los labios delante de Nana y Sarah, que lo habíaa seguido, probablemente para llevarlo a la sala de juegos. Las dos se quedaron boquiabiertas—. Y esto es para usted, señora Abbott. —Le entregó a Nana un ramo de flores moradas más pequeño, pero no menos hermoso.

—Cody McIntire, ¿qué está pasando aquí? —preguntó Nana, como si fuera un niño pequeño y no un hombre adulto—. ¿Estás saliendo con mi nieta? —Cogió las flores y giró el cuello para mirarlo.

Ahora que tenía las manos libres, Cody se quitó el sombrero y asintió.

—Sí, señora.

Nana me miró sorprendida. Estaba segura de que mi cara estaba tan sonrosada como las rosas de su ramo.

—¿Por cuánto tiempo ha ocurrido esto?

Titubeé, y Cody habló por mí. Por los dos.

—El tiempo necesario para estar seguro de que es la mujer para mí.

Nana me lanzó sus flores, me soltó el brazo y cogió el de Cody a su vez.

—Bueno, ya era hora. —Miró a Sarah, como buscando validación—. Tengo la nieta más guapa del pueblo, y no ha tenido ni un solo novio hasta ahora.

Sarah sonrió, parecía tan contenta como mi abuela.

—Nana —me quejé, poniendo los ojos en blanco.

Cody comenzó a caminar lentamente hacia el comedor.

—Eso es porque estaba esperando a un hombre de verdad. —Me guiñó un ojo por encima del hombro.

Sonreí con la cara en las flores. Maldito sea él y su

encanto vaquero. Me iba a enamorar de él, pudiera evitarlo o no.

—Voy a dejar esto en tu habitación, Nana.

—Pero ¿qué dices? —Agitó la mano en el aire—. Tráelas al comedor para que todos vean qué joven tan considerado tienes.

Cody soltó una carcajada.

—Le agradezco que me llame joven.

Nana resopló.

—Bueno, puede que seas un poco mayor que Riley, pero eso es bueno. Ella siempre anhelaba crecer rápido.

Parpadeé y miré fijamente a Nana.

Uau. ¿De verdad? Se me hizo un nudo en la garganta al ver lo bien que me conocía. Después de la reacción de mi padre esta mañana, pensé que todos odiarían esta relación... o lo que sea que estuviese pasando con Cody. Fue un gran alivio que mi abuela al menos mantuviera la mente abierta. Sarah tampoco parecía tan crítica. Estaba emocionada.

No, no solo mente abierta, sino que estaba totalmente de acuerdo. Estaba del lado de Cody desde la primera frase. Mierda, desde las flores.

Si tan solo mi padre fuera tan fácil de convencer...

Llegamos al comedor y Nana eligió una mesa junto a la ventana. La residencia estaba situada en el extremo sur del pueblo, por lo que todas las vistas desde la parte trasera del edificio daban a praderas abiertas y montañas.

Cody le sostuvo la silla mientras Nana se acomodaba.

—Al mismo tiempo, mi hijo intenta mantenerla protegida. —Lo miró—. Por eso no le dejé vender mi casa. Riley necesitaba independencia. ¿Ya has ido a mi casa?

Los labios de Cody se torcieron.

—Sí, señora. Es una casa linda.

Nana se rio. Yo me sonrojé y reconduje la situación.

—Tú quédate aquí y nosotros haremos la fila del bufé —le dije. Tenían camareros para la gente que no podía cargar sus bandejas de comida, pero yo prefería atender a Nana cuando estaba allí.

—¿Cómo iba Riley a divertirse un poco con el padre y esa placa suya intimidando a todos los chicos que se le acercaban?

¿Por qué seguía y seguía con esto? Cody sabía que yo era virgen, pero Nana me hacía ver como una monja, enclaustrada lejos del mundo.

Volví a quejarme, tratando de llevar a Cody conmigo hacia la línea del buffet.

—Bueno, él está listo para vaciarme una pistola, eso es seguro —dijo Cody con una sonrisa rápida—. Pero al final me lo ganaré.

—Es hijo mío. Ya se le pasará —dijo Nana asintiendo con la cabeza—. Con el tiempo. Dos hombres protectores que quieren lo mejor para mi niña. Esta anciana no podría estar más feliz.

—Quiere vender tu casa por todo esto —le dije, intentando transmitirle lo enfadado que estaba mi padre.

Nana se rio, sin inmutarse por la noticia de las tonteras de su hijo.

—Es mi casa. Puede que él haya crecido ahí, pero es mía. No puede venderla, y tampoco puede decirte que te mudes a casa. Déjalo que haga su rabieta...

—¿Rabieta? —pregunté, pensando en lo corta que se quedaba.

—...mientras tú te montas en lo tuyo. —Nana arqueó una ceja y miró a Cody como si él fuera lo que debería estar montando.

—Nana —le regañé, horrorizada. Tenía la cara caliente.

Cody rio entre a carcajadas y le puso suavemente la mano en el hombro.

—Quiero que sepa que Riley es más que un rato de diversión para mí. Ella es todo lo que siempre quise. —Dejó el sombrero en su asiento y luego me guiñó un ojo —. Yo encantado de ser su diversión, pero quiero ser mucho más.

Me quedé sin aliento. Tenía que estar diciendo la verdad. ¿Quién le mentía a la abuela de alguien? No solo sería un completo imbécil, sino que mi nana podía detectar las falsedades mejor que un detector de mentiras.

Nana puso la mano sobre la suya y le dio unas palmaditas.

Cody debió de sentir que ella había entendido lo que quería decir, porque me tocó la cadera y me guio, de esa forma tan sutil y protectora suya, hasta la fila del bufé. Todavía estaba sonrojada y sin aliento al tiempo que sacaba dos bandejas.

De inmediato se hizo cargo de la bandeja de Nana, sacó un plato de la pila y se lo dio junto con las servilletas y los cubiertos.

—¿Esto…? ¿Esto en serio es real? —pregunté, con un temblor en mi voz baja.

Sus labios se curvaron divertidos.

—Esto en serio es real, cariño. Ahora soy tu hombre. Voy a cuidarte, protegerte, mantenerte, hacerte feliz. ¿Puedes con eso?

Probablemente se dio cuenta de que me había vuelto a mojar, y ni siquiera me estaba hablando sucio. Me estaba hablando con dulzura y estaba funcionando. Dios, era increíble.

¿Por qué estaba tan nerviosa? Esto era lo que yo quería. Un hombre que me quisiera a mí y solo a mí, que quisiera hacerme feliz para siempre. Claro, si Matt, Ethan o hasta Tyler antes de que descubriera que era un cambiaformas me hubiesen dicho algo de lo que Cody me decía, me les hubiese reído. No les creería porque no podrían mantenerme, no podían protegerme. Tyler probablemente podría, con su lobo, pero bah... besos más malos. Tyler no quería cuidarme, solo quería pasar un buen rato.

¿Por qué me parecía bien cuando era Cody quien quería dármelo todo? ¿Por qué me había parecido bien comprometerme?

No debería, y Cody no iba a dejarme.

—¿Me estás... cortejando? ¿Convenciéndome? —susurré mientras pasábamos de la zona de ensaladas a los platos principales, con los platos en mano para que nos sirvieran la comida. Era la noche de espaguetis, así que mi plato estaba repleto de pasta y un ayudante me puso una albóndiga encima. Cody sostuvo el plato de Nana justo después para que hiciera lo mismo.

Mientras esperaba, dijo:

—Bueno, estoy intentando hacer las dos cosas. ¿Está funcionando?

Suelto una carcajada, cogiendo unas pinzas para sacar un rollo de una cesta.

—Sí. Sí está.

Me dio un empujoncito con su cuerpo.

—Estás preguntando si esto durará, ¿verdad?

Mi cabeza se tambaleó mientras asentía. Parecía más fácil hablar con él mientras llenábamos los platos.

Su móvil sonó en su bolsillo trasero. Lo sacó y leyó la pantalla.

—Hola, Jimmy, ¿qué pasa? —preguntó. La suavidad que parecía tener conmigo se esfumó. Su cuerpo se tensó y su mandíbula se apretó tanto que pensé que podría romperse un diente—. ¿Es en serio? —Se llevó una mano a la nuca e inclinó la cabeza hacia abajo—. Mierda. ¿Sigue ahí? Vale. Sí, llego en unos minutos.

Finalizó la llamada y apartó el móvil.

—¿Qué ocurre? —pregunté, preocupada.

—Lo siento, cariño. Me tengo que ir. Era Jimmy del bar. Dice que alguien del departamento del alguacil ha ido por una denuncia anónima de que servimos alcohol a menores de edad. Está molestando a nuestros clientes pidiéndoles identificación a cada persona en el lugar.

—Ay, no —gemí. Sabía exactamente quién era y por qué—. Mi padre está ahí, ¿verdad?

Cody negó con la cabeza.

—Sí estaba, pero Levi, el alguacil, apareció y lo mandó a casa.

Sabía que a mi padre le molestaba que estuviera con Cody, ¿pero meterse en sus negocios? ¿Molestar a todo el mundo en el bar que había ido a pasar un buen rato... por esto? Estaba llevando esto demasiado lejos.

—Tú ocúpate del bar —dije, levantando la barbilla con determinación—. Yo me ocuparé de mi padre.

19

CODY

No ocultaría mis emociones a mi compañera, pero no iba a compartir con ella lo mucho que me cabreaba su padre. Comprendía su sobreprotección. Mierda, si yo tuviera una hija... Pues no tenía ni puta idea. Sería un tonto, como él, en cuanto a su seguridad, pero no la alejaría de su pareja predestinada. Tal vez eso era porque yo era un puto cambiaformas y él no.

Ese era el meollo de todo el puto problema. Cada vez que pensaba que estaba más cerca de ganarme el corazón de Riley, algo surgía. Como el mezquino de su padre. ¡Y solo habían pasado unos días!

No quería interponerme entre ellos dos, pero no iba a renunciar a mi condenada compañera predestinada.

Riley estaba casi a mi lado. Kyle Abbott iba a tener que aceptarlo todo y dejar de fastidiarme a mí y a los míos. Lo que no entendía era que cuanto más se metía conmigo, más se metía con su propia hija.

Estaba empeorando las cosas entre ellos en lugar de mejorarlas.

Diez minutos después de la llamada, atravesé la puerta de mi bar. Sonaba música country, había un hombre en el toro mecánico y la mitad de las mesas estaban ocupadas a pesar de que aún era temprano. Casi todas las noches teníamos una cantidad decente de clientes para cenar, y esta noche no era una excepción. Todo parecía normal, menos Levi, que estaba recostado en la barra hablando con Jimmy. Levi era el alguacil de Cooper Valley y el jefe de Kyle Abbott. Además, era un cambiaformas. Tener a uno de los nuestros en las fuerzas del orden solía ser útil, tal como ahora.

Me acerqué, le di la mano y luego miré a Jimmy.

—Gracias por la llamada. ¿Por qué no vas a hacer inventario y yo vigilo el bar?

Los ojos del joven se iluminaron al escuchar eso, lo que significaba que había sido horrible ya que nadie quería contar botellas de licor.

—¿Estás seguro? Al ayudante del alguacil Abbott se le estaban retorciendo los huevos por algo cuando estuvo aquí. Es un buen tipo, y nunca lo había visto así. Puedo ayudar adelante...

Levanté la mano.

—Estoy bien.

Tiró el trapo y me hizo una seña con el dedo.

El tirón juguetón en la boca de Levi mostró su diversión. Luego se le borró la sonrisa luego de que Jimmy iba a medio camino del almacén.

—¿Por qué te odia tanto Kyle Abbott?

Me reí entre dientes y me pasé una mano por la nuca.

—Te has dado cuenta de eso, ¿eh?

Enarcó una ceja.

—Su hija es mi compañera.

Su otra ceja se levantó.

—No aprecia mi interés por ella.

Tamborileó con los dedos sobre la barra. Levi era un alguacil formidable. Tenía unos hombros descomunales y un pecho ancho bajo el uniforme. Tenía el pelo corto, rubio como la arena, pero conservaba un bigote en la mandíbula. Una barba de verano.

—¿No tiene la edad de Tyler? Creo que es la niñera de Clint y Becky.

Hice una mueca de disgusto porque lo dijo como si estuviera robando cunas.

—Tiene diecinueve años —murmuré, preguntándome si iba a tener que justificar la unión ante todo el puto estado.

—Ah, entonces no le gusta para nada la idea.

Suspiré.

—No le gustó encontrarme en casa de su hija esta mañana haciendo café nada más que con vaqueros.

—Mierda. Eso explica la redada y le pedir identificación en este lugar. —Soltó una buena carcajada—. La parte destinada de compañera predestinada de verdad que nos da bien duro, ¿no?

—Te apareaste con una humana, tienes que entenderlo.

Esperaba que lo hiciera.

Su compañera era Charlie, una veterinaria que había traído una yegua de Colorado al Rancho Wolf para criarla. Una bocanada de su aroma y Levi y su lobo la reclamaron. Luego la reclamó oficialmente, mordiéndola y dejándole su marca. Ahora era su esposa. Parecía que una marca y un matrimonio sellaban el trato para ambos.

Como Kyle no sabía que yo era un cambiaformas, eso no era lo que le cabreaba de mí. Pero era obvio que no quería que me casara con Riley.

—Sí que entiendo. Pero su padre está en mi nómina. Eso hace que sea mi problema. No puedo despedirlo por lo que hizo porque técnicamente está dentro de los límites de la ley. Pero no permitiré que use su trabajo como herramienta para joderte. Le dejaré pasar esto, sin embargo, sobre todo con el desastre de juicio por asesinato que acaba de tener. Recibimos amenazas de muerte en la comisaría todos los días de la semana pasada, suponemos que de la familia del asesino. —Puso la mano en la culata de la pistola reglamentaria que llevaba en la cadera—. Sea como sea, te has ganado lo que te ha dado. Pudo haberte dado un puñetazo y ya estaba.

Eso me habría molestado, pero no mucho más. Lo del bar sí que me cabreaba.

—Sí, lo siento.

—No deberías porque ahora entiendo lo que está pasando. Pero vas a tener que arreglar esto. Cuando aparecí, estaba fichando a todo el mundo, hasta al Sr. Seymour, que debe tener ochenta y cinco años.

Cerré los ojos y sacudí la cabeza. Nada más me lo imaginaba.

—Tengo cuatro días más para reclamarla o Rob la llevará a que le borren la mente. Tú me estás obligando a ocuparme de un padre sobreprotector de inmediato... Tengo toda mierda en mi contra.

—No sabía lo de las órdenes del alfa, pero tiene sentido. —Me dio una palmada en el hombro, levantó su sombrero de vaquero de la barra y se lo puso en la cabeza—. Una mierda esto, amigo mío. Pero ella lo vale.

Se fue, y yo me hice cargo de atender el bar, considerando sus últimas palabras. Sí, Riley valía la pena, sin importar los obstáculos que su padre o mi alfa nos pusieran en el camino.

20

RILEY

—¿Te has vuelto completamente loco?

Entré furiosa a casa de mi padre y arrojé el bolso y las llaves sobre la mesa. Su coche patrulla estaba delante, así que supe que estaba en casa.

Después de que Cody nos dejara a Nana y a mí, me quedé a cenar con ella mientras ambas refunfuñábamos sobre lo imbécil que era mi padre. Cara de culo fue la palabra que ella había usado. No tenía ni idea de dónde la había aprendido.

—¿Has ido al Cody's Saloon a molestar a sus clientes?

Salió de la cocina con la cerveza en la mano y se cruzó los brazos sobre el pecho.

—Estaba en todo mi derecho —dijo con serenidad —. Me he enterado de que mi hija de diecinueve años frecuentaba el local.

—Bebiendo *ginger ale*, papá, ¡y eso no viene al caso! Yo no soy el que...

Le palpitó una vena en la sien.

—No, viene completamente al caso. Eres veinte años más joven que Cody McIntire y estás completamente fuera de ti. —Descruzó los brazos y se acercó a mí, el rostro se le suavizó—. Cariño, sé que te parecerá emocionante que un hombre mayor se interese por ti, pero...

—Pero nada. —Dos podían jugar al juego de interrumpirse. Ahora fui yo quien se cruzaba de brazos—. Tú no tienes nada que decir en esto. Soy una mujer adulta. Tomo mis propias decisiones.

Sacudió la cabeza.

—No cuando yo te estoy pagando la matrícula universitaria. Además, encontraré un inquilino para la casa de Nana. Uno que realmente pague la renta.

Me quedé con la boca abierta. ¿Tanto odiaba que Cody y yo estuviéramos juntos?

—¡Entonces dejaré la universidad! —Se lo eché en cara—. Y me mudaré a vivir con Cody.

Ahora solo le estaba echando gasolina al fuego. Pero esta situación había durado demasiado tiempo. Todavía era virgen por varias razones. Una era que él había acosado a todos los tíos que habían intentado salir conmigo, y ahora que se enfrentaba a uno al que no podía intimidar con su placa de alguacil, estaba llevando las cosas demasiado lejos.

Extendió la mano en un gesto apaciguador.

—Riley, cálmate.

—¿Que me calme? ¡¿Que me calme?!

Continuó, aunque yo no me estaba calmando en lo absoluto. Era como una tetera que estaba a punto de hervir.

—No conoces a Cody como yo —dijo—. ¿Te das cuenta de que fui al instituto con él?

Me temblaba todo el cuerpo por la confrontación, y no me gustaba la sensación de recelo que me producían las palabras de mi padre. Aun así, levanté la barbilla.

—¿Y?

—Para empezar, es un mujeriego. Ha estado con más mujeres que flores silvestres hay en Montana.

Sentí un tic en la ceja. Lo ignoré y me encogí de hombros.

—Esta mañana te has empeñado en eso. Y eso fue antes de mí —dije, aunque no creía las palabras tanto como quería. No creía que fuese un infiel, pero no habíamos estado juntos el tiempo suficiente como para que se cansara de mí. Además, él no había tenido lo que todos los tíos querían: sexo.

Pero Cody dijo que iba en serio conmigo. Fue a ver a

Nana. Nos dios flores. Dijo que yo era su pareja. Así que lo creí, creí que él era diferente conmigo.

Pero ¿y si no era así? ¿Y si...?

Sacudí la cabeza mentalmente. No, no podía irme por ahí. No podía dejar entrever que las palabras de mi padre podían haberme dolido y por segunda vez.

Mi padre me miró con simpatía y suavizó la voz.

—¿De verdad crees eso, cielo? ¿Qué querría él con una chica de la misma edad que su hijo?

No podía contarle a mi padre lo de la compañera predestinada, que Cody no podía contenerse porque era yo. Sentía que eso resolvería muchas de sus objeciones, pero había prometido que guardaría el secreto de Cody y Tyler.

—A veces simplemente sabes cuándo es la persona indicada —intenté explicar—. Se siente bien. Como si fuera el destino.

Mi padre puso los ojos en blanco.

—Sí, yo también pensé que era el destino con tu madre. Mira a dónde me llevó.

Sus palabras me golpearon como un puñetazo en las tripas. Era cierto que mi madre había estado con muchos hombres. Era el tipo de mujer que ansiaba atención y tenía que buscarla en todas partes no solo con un hombre, sino con todos. Hombres que la alejaban de Cooper Valley.

Mi padre no quería que me pasara como a él, que me abandonaran.

Me abracé la cintura.

—Él no es como mamá —dije, pero mi voz había perdido fuerza.

—Cielo. —Mi padre se acercó y trató de sujetarme los hombros.

Me aparté de él, intentando recuperar algo de mi rabia anterior. Se equivocaba con Cody.

Sabía que él sí estaba equivocado. No sentía lo del apareamiento eterno, pero sentía una conexión con Cody. Algo especial.

—Cody no es el tipo de hombre que quiero para ti, Riley Roo. Él no es un hombre de familia.

Extiendo las manos.

—Claro que lo es, papá. Tiene un hijo.

Hasta yo me estremecí pensando en ese hijo que tenía la misma edad que yo, no un niño de preescolar donde yo trabajaba.

Hostia. ¿Sería la madrastra de Tyler si esto funcionaba? Qué raro era todo esto.

—Tuvo un hijo hace veinte años. ¿Crees que quiere empezar de nuevo contigo? ¿Te ha dicho que quería más hijos?

Sentí como una piedra en la boca de mi estómago. No había pensado en eso. Mierda. No podía imaginarme a Cody queriendo empezar de nuevo con un bebé. Había tirado a la basura una cuna al mismo tiempo que mi padre tiró la mía.

No quería admitir que mi padre podía tener razón en esa parte. Pero podía hablarlo con Cody y ver qué opinaba. Siempre quise tener hijos. No es que sintiera que mi reloj biológico avanzaba o algo así, pero era algo para más adelante. Fuere como fuera, no era asunto de mi padre.

Reuní toda la rabia que pude.

—Agradezco que tengas opiniones, pero al final de todo, no puedes elegir por mí. —Puse voz firme y mirada dura—. Deja en paz a Cody y a su negocio. Hasta que no te hagas a la idea de que estamos juntos, ¡déjame en paz a mí también!

Recogí el bolso y las llaves y salí por la puerta dando un portazo.

Maldita sea con mi padre y su fastidiosa sobreprotección.

Y maldito sea por hacerme sentir un poco mareada por este asunto con Cody. ¡Cómo se atrevía a meterme dudas en la cabeza! Nos estaba saboteando sin tener que chequear identificaciones.

Parpadeé al sentarme al volante de mi coche. De pronto me sentí perdida, atrapada entre el hombre que había sido todo mi mundo y el que me hacía sentir como si yo fuera todo su mundo.

Me enjugué las lágrimas con el dorso de la mano y marqué el número de Cody.

—¿Riley? —Sonaba preocupado, como si ya supiera que estaba hecha un desastre—. ¿Has hablado con tu padre?

—Sí.

—¿Cómo han ido las cosas?

—Nada bueno. —Me sorbí la nariz.

—Te veré en tu casa en diez minutos.

—¿Qué?

—Ya me has oído. Si me necesitas, yo estaré ahí.

21

CODY

EN CUANTO ME abrió la puerta, la alcé a mis brazos, levantándola del suelo. Me adelanté unos pasos y cerré la puerta de una patada.

—Cariño. —Inhalé su aroma, que calmó a mi lobo y a mí—. Diablos, te he echado de menos.

Lo había hecho, aunque no la veía desde la cena. La había echado de menos por el desastre de su padre y ahora quería comérmela.

Metió la cara bajo mi barbilla y su aliento me acarició la piel por encima de mi camisa.

—¿Hablaste con él? —le pregunté.

—Grité con él —corrigió—. Gritamos.

No me gustaba eso, que ella y su padre estuvieran enfrentados.

—¿Quieres contármelo?

Ella suspiró.

—Más o menos. Te quiero a ti. Eso es todo lo que importa.

Mi pene se apretó de una forma dolorosa contra mis vaqueros al oír sus palabras.

—Repítelo.

Inclinó la cabeza hacia atrás y sus ojos se encontraron con los míos, mirándolos fijamente.

—Te quiero a ti, Cody McIntire.

¡Diablos, había estado esperando a que dijera exactamente eso!

No la solté ni un poco mientras divisaba el sofá, me dirigí hacia allá y me acomodaba con ella en el regazo. Se sentó a horcajadas sobre mis muslos y su cabello oscuro le caía como una cortina alrededor de la cara. Quería tocarla y abrazarla mientras hablábamos —en lugar de enredar aquellos sedosos mechones en mis dedos y halarlos suavemente—, así que reposé las manos en sus caderas.

Mi pene quería saltarse esta parte y pasar directamente a follar porque eso era definitivamente lo que iba a pasar esta noche, pero una cosa que sabía de esta relación: era complicadísima.

Pero esto, la conexión entre nosotros, era simple.

Esta vez, cuando la tenía en mis brazos, no dijo «fóllame» ni ningún otro término que indicara sexo, dijo que me quería a mí.

Puede que su padre haya sacudido un poco nuestra relación, pero quizá también la haya hecho más fuerte.

Yo sería más fuerte por ella. Esto era lo que ella decía.

Diablos, por fin.

Se echó hacia atrás sobre mis muslos para poder... ¡Dios! abrirme el cinturón y alcanzar mi pene.

Levanté las caderas y ella me sacó los vaqueros y los calzoncillos por debajo de mis caderas lo suficiente para quedar liberado.

Luego se deslizó hasta ponerse de rodillas entre las mías sobre la alfombra. Mi pequeña virgen seductora.

Le pasé la mano por la cabeza, por el pelo, y halé. Su mirada se elevó hasta la mía y se volvió borrosa por el ligero tirón.

Mierda. Verla de rodillas ante mí era lo más erótico que había visto en mi puta vida.

Casi.

—¿Quieres chuparme la verga, cariño?

Ella asintió, aunque mi agarre no le dio mucho espacio.

—Desnuda —le indiqué—. Hazlo desnuda.

La mirada se le acaloró y la solté. Se levantó lentamente y se quitó la ropa. No fue un estriptis sexy. No hubo movimientos expertos, solo Riley compartiendo todo de sí misma conmigo.

Me agarré la base de la verga y la acaricié de la raíz a la punta, con gotas perladas de líquido preseminal brotando de la hendidura y deslizándose por la ancha corona mientras la observaba. Tetas turgentes, cintura delgada, caderas anchas y aquel coño de labios rosados y reluciente...

Cuando su top, sus vaqueros, su sujetador y sus bragas... todo quedó amontonado a sus pies, torcí un dedo de mi mano libre. Mi lobo aulló cuando ella se acomodó en la alfombra entre mis rodillas.

Pasé el pulgar por el líquido preseminal y se lo tendí.

—Chupa.

Esa boquita caliente se cerró allí, sacando la lengua y llenándose de mi sabor.

Mierda, no iba a durar si seguía así.

Liberé mi pulgar, levanté los brazos para acomodarlos a lo largo del respaldo de su sofá, para que supiera que podía hacer lo que quisiera conmigo.

Ese plan estuvo bien hasta que se metió todo lo que pudo en la boca. Rasgué los cojines e instintivamente empujé hacia arriba, de modo que acabé en el fondo de su garganta.

Se la sacó y se limpió la boca, con los ojos clavados en los míos.

Gruñí. Gemí.

—Mierda, cariño. Esa boca es como el cielo, pero la próxima vez que me corra va a ser hasta las pelotas en ese coño virgen.

Agarrándola de la muñeca, la cogí de la mano con la intención de llevarla a su dormitorio y librarla de su virginidad con mucho tacto.

Pero ella tenía otras ideas. Me empujó el pecho y dejé que me hiciera retroceder. Me abrió la camisa de un tirón y me desabrochó todos los botones a la vez. Le obedecí, encogiéndome de hombros. Antes de que pudiera detenerla, me agarró la verga, se apoyó en las rodillas y...

—¡DEMONIOS!

Se había bajado ella sola y estaba dentro de ella. Unos pocos centímetros, pero ¡ella me estaba follando a mí!

—Cariño —advertí. No, más bien gruñí—. Así no era como se suponía que tenía que ser. Mierda —volví a murmurar. Me chorreaba sudor por la frente mientras intentaba no volver a levantar las caderas.

—Quieres follarme en la cama, en misionero —empezó—. Echarías pétalos de rosa y de todo porque soy virgen.

Me había pillado.

—Sin pétalos de rosa, pero definitivamente en una cama. Definitivamente en misionero para verte recibir todo de mí por primera vez.

Con sus manos sobre mis hombros, me dijo:

—Es mi primera vez, pero no quiero nada de eso. Yo controlo mi experiencia. Y puedes ver cómo te recibo justo así.

Sus caderas empezaron a moverse, metiéndome milímetro a milímetro más adentro de su coño empapada.

—He visto tu lado primitivo, Cody. Lo deseo. Quiero esa parte de ti.

—Te va a doler. La tengo grande, y tú estás tan apretada, coño.

Iba a morir de tortura por la verga en ese coño atascado. A morir por el más dulce, apretado y húmedo país de las maravillas.

—Vibrador.

—¿Qué?

Apenas podía procesar una idea normal ahora mismo.

—Me he metido silicona, pero... —Meneó las caderas—. Nada tan grande como tú. Aun así, no vas a hacerme daño.

Me quedé quieto mientras la estudiaba. Estaba sudando, con la mandíbula apretada. La correa que me ataba estaba a punto de romperse. ¡Maldita sea la luna casi llena!

—¿Estás segura, cariño? Solo tienes una primera vez.

Ella asintió, y eso fue todo para mí. TODO.

—¿Te va a doler sea como sea porque me quieres salvaje? Te daré duro y salvaje.

Entonces la bajé hacia mí de un tirón mientras empujaba hacia arriba llenándola completamente.

—¡Cody! —gritó mientras sus paredes internas se contraían a mi alrededor cuando por fin, por fin, me recibió todo dentro de ella.

Estaba en casa por primera vez.

22

RILEY

Dios mío. Cody la tenía grande. GIGANTE.

Y estaba dentro de mí. Me sentí atiborrada al tiempo que me sentaba sobre sus muslos.

Fue como si renunciara a una batalla interior en lo que respectaba a mi virginidad y se dejara llevar.

Porque no solo me la clavó de un solo empujón, me estaba follando. Hacia arriba y hacia abajo. Me agarraba por el culo y me subía y bajaba sobre su pene, haciendo rebotar mis pechos. La sala dio vueltas mientras el calor florecía por todas partes. Me estaba mareando de lujuria. Con la satisfacción de esa lujuria.

Se inclinó hacia delante y chupó un pezón, agarró el otro con la palma de la mano y apretó.

Lo que me hizo sentir cuando bajó a chupármelo había sido increíble. Pero sentía como si me faltara algo, como si todavía estuviera vacía. Esto era diferente, más profundo. Estaba tan llena.

Me balanceé encima de su pene.

—Tómame. —Chupó la turgencia de mi pecho—. Qué buena chica. Goteando para mí.

Eché la cabeza hacia atrás, abrumada. Ahora era cuando se hacía evidente que era virgen. No tenía ni idea de qué hacer ni cómo sentir ni cómo controlar la oleada de placer que él me estaba provocando.

Jamás pensé que podría ser así, que podía ser así de intenso.

—Cody, me voy a...

Una mano me azotó el trasero. El fuerte picor hizo que me sobresaltara, hasta que después...

—Dios mío.

Me corrí, apretándolo todo mientras sentía todo el orgasmo.

Como un maremoto. Como un tsunami. Como caerse por un acantilado. Como fuegos artificiales. Sea cual fuere el término, lo sentí.

No supe que nos movíamos hasta que mi espalda chocó contra una pared.

Con una mano bajo mi culo desnudo, Cody me penetró más profundo que antes.

—¿Tomas la píldora, cariño?

¿Cómo? ¿Estaba hablando? ¿Me estaba preguntando algo?

—¿Amor?

—¿Qué?

—La píldora.

¿Quería saber si tomaba anticonceptivos ahora? ¿Ahora que estaba tan dentro de mí?

Asentí con la cabeza.

—Bien.

—¿No tienes ninguna enfermedad? —pregunté, aferrándome a las pocas neuronas que me quedaban. Aunque no quería pensar en mi padre cuando Cody tenía las pelotas dentro de mí, me imaginé que me recordaba a las mujeres de su pasado.

—A los cambiaformas no se les pegan esas mierdas. Estoy bien.

Asentí, pero él debió ver mi cambio de humor. Me levantó la barbilla y frenó sus caderas.

Sus ojos azules, ahora nublados por la excitación, me inmovilizaron tanto como su cuerpo.

—Tengo cuarenta años. He estado con suficientes mujeres, pero no como piensa tu padre. No puedo cambiar el pasado, pero tienes que saber que eres mi futuro. —Empujó sus caderas para confirmarlo—. Esto. Lo nuestro. Puede que sea el primero, cariño, pero soy el último.

Con un movimiento suave, volvió a girar y me tumbó

de espaldas en el sofá, como si mi cama estuviera demasiado lejos, con nuestros cuerpos todavía conectados.

—Madre mía, por Dios —gemí. Era tan excitante ver lo fuerte que era y cómo dominaba la situación. Era increíble tener a un hombre que sabía exactamente lo que hacía y podía hacer que mi primera vez fuera tan intensamente perfecta.

Me subió los tobillos por encima de los hombros y se puso de rodillas para empujar. Yo estaba completamente desnuda y él sólo tenía los vaqueros y los calzoncillos abajo lo suficiente para tener la verga fuera.

Jadeé al ver lo profundo que llegaba en esta posición. La cabeza de su pene chocó contra mi pared interna y me hizo gemir de intensidad.

Se echó hacia atrás.

—¿Demasiado, cariño?

Agité la cabeza de un lado a otro.

—¡No! La deseo. ¡La quiero toda, Cody!

Sus ojos cambiaron de azul a ámbar. Aquí mismo era donde podía ver su lobo justo debajo de la superficie. El animal dentro de él. Y quería que me lo mostrara.

—Más duro —le supliqué.

Era una locura, pero sentí su verga hincharse dentro de mí, haciéndose más larga, más gorda.

Apretó los dientes, bombeando más rápido.

—Mierda, Riley.

Por más que hubiera querido ser la dueña de mi

primera vez, me gustaba estar bajo su liderazgo. Y esto no era nada cercano a la simple posición del misionero. Pero la vista que tenía de Cody McIntire ahora mismo era magnífica. Su musculoso pecho cubierto de rizos... ¿Cuándo le había abierto los botones de la camisa? La forma en que enseñaba los dientes y la expresión de su cara, como si estuviera a centímetros de perder completamente el control. Dios, ¿cómo sería eso?

Empujó mis tobillos hacia mis hombros y bombeó en esa posición, acortando el espacio en el que podía penetrar y haciéndolo aún más intenso.

Grité ante la sensación. Iba a correrme otra vez. Lo noté por el temblor en el interior de mis muslos, el aleteo en mi vientre.

—Cody —gemí.

—Todavía no. —La orden fue feroz, y mis ojos se abrieron de par en par. ¿Estaba haciendo algo mal?

—Vas a esperar hasta que te la dé bien rico, cariño. Esta vez esperas a que yo te diga que te corras, ¿entendido?

Ah. Uau.

Mi vaginase apretó y mis pezones, ya duros, se erizaron tras su orden mandona.

Conseguí asentir.

—Te voy a dar para que recibas en todas las putas posiciones, cariño. En cada habitación de esta casa. ¿Quieres verme primitivo? Voy a follarte hasta que no puedas caminar. Y cuando te corras, lo van a oír a tres millas de distancia.

Madre mía de mi vida. Se me voltearon los ojos. Ya estaba perdiendo todas mis facultades mentales.

Esto era increíblemente excitante.

Cody me la sacó.

—¡No! —grité.

Intenté centrarme en él, pero era posible que tuviera los ojos bizcos. Me levantó por la cintura y me puso de rodillas, con los codos apoyados en el brazo acolchado del sofá. Me dio otra palmada en el culo.

—Qué delicia de perfección, cariño. Tienes el mejor culo. Sobre todo cuando tiene las huellas de mis manos.

Mis entrañas se apretaron de nuevo. Iba a hacer que me corriera solo con sus obscenidades.

Pero no, él quería que esperara. ¿Podría? Ni siquiera estaba segura de saber cómo controlarlo. Mi cuerpo era como un instrumento que solo él sabía tocar. No le iba a dar ninguna orden ahora mismo.

Deslizó la verga por toda mi raja, frotando mi clítoris con su cabeza lisa.

Gemí de placer.

Me rozó un par de veces más mientras arqueaba la espalda, deseando que volviera a estar dentro de mí.

—Por favor —gemí.

—Sé lo que quieres, cariño. —Me dio otro azote en el culo—. Nada más estoy dejando que el deseo aumente.

Dios, había estado haciendo eso desde el principio, ¿no? Negándose a darme esto hasta que no pudiera pensar en nada más. No sabía que podía ser algo más que sexo, que era una conexión, un vínculo que ahora compartíamos. Por eso quería esperar hasta que lo aceptara a él.

Ahora lo entendía.

—Lo necesito.

Estaba suplicando. Suplicando por lo que sabía que podía darme.

Apretó la cabeza de su pene contra mi entrada, provocándome por un momento al entrar y salir breve y escasamente.

—Por favor —gemí.

Me agarró de las caderas y empujó hasta el fondo.

La sensación de satisfacción era incomparable. Mejor que zambullirse en una piscina en un caluroso día de verano. Más saciante que el agua en una garganta seca. Era el paraíso.

Esto era lo que me había estado perdiendo toda mi vida. Esta sensación. Este poder en mi cuerpo, la belleza de mi propia sexualidad compartida con otra persona.

No cualquier otro, sino mi pareja.

Uau. Las palabras se asentaron como piezas de un rompecabezas en mi ser, como una verdad que conocía instintivamente.

Lo sentía como mi alma gemela, mi único y verdadero compañero, aunque yo no fuera un lobo y no supiera lo que eso significaba.

Me aferré al brazo del sofá y apoyé el pecho para prepararme para recibirlo. No se contuvo, o al menos no lo pareció. Tenía la respiración entrecortada, me agarraba por las caderas con fuerza. Se abalanzó sobre mí como si su vida dependiera de llegar a la meta.

Gemí, mi canal se hizo más resbaladizo, mi cuerpo acogió cada embestida.

Pero entonces volvió a retroceder.

—No —me quejé.

—Ven aquí, Riley. —Cody me rodeó la cintura con un brazo y me atrajo hacia su espalda. Lo escuché quitarse los vaqueros antes de acompañarme a la mesa del comedor. Me tumbó sobre ella y me levantó las caderas hacia su cara para comerme.

Mierda. ¿Planeaba hacer todas las posiciones la primera vez?

Mis rodillas se rindieron. Intenté decirle que quería su pene, pero no me salían las palabras. Ya no podía hablar. Estaba de cabeza en la agonía de la pasión. Lo único que podía hacer era experimentar esta magia. Su hermosa lengua escarbando entre mis pliegues, recorriendo mi clítoris. Succionó con fuerza y le agarré el pelo hasta halarlo con fuerza.

Soltó un gruñido, y cuando levantó la cabeza, sus

labios y su barba estaban llenos de mis jugos, sus ojos eran de un color ámbar puro. Quería ver a su lobo.

¿Qué había dicho aquel primer día en la cabaña? ¿Que si corría, su lobo querría perseguirme? Lástima que no había ningún lugar para correr aquí. Tendría que hacer que me llevara de vuelta a la cabaña.

—Más de ti —alcancé a decir—. Quiero...

Con un movimiento rápido, Cody me levantó y me puso a horcajadas sobre su cintura. Me besó con fuerza, su lengua penetró en mi boca y sentí el sabor de mi esencia en sus labios. Chocamos contra la pared del pasillo.

Una de las fotos enmarcadas de Nana con mi padre de niño cayó al suelo.

Cody siguió besándome mientras volvía a inmovilizarme contra la pared, moviéndose para azotarme el culo y bajarme las caderas al encuentro de las suyas. Me penetró, empujando hacia dentro y hacia arriba, haciendo temblar la pared. Otra fotografía enmarcada cayó y se rompió.

Me reí pegada a su boca.

Él gimió en la mía.

—Cariño... No voy a... —Su voz era más lobuna que humana: un gruñido que electrizó mi coño—. Qué difícil que es contenerse, demonios.

¿Todavía se estaba conteniendo?

—Entonces no lo hagas —le dije, pero cuando levantó la cabeza vi que sus caninos parecían más largos.

No tenía miedo. No cuando mi cuerpo estaba unido al suyo. No cuando las oleadas de placer y la creciente necesidad me tenían asfixiada. Estaba demasiado extasiada.

¿Era este el Cody primitivo?

¡Me fascinaba!

Me apartó de la pared y anduvimos de prisa por el pasillo, chocando con el otro lado y deteniéndonos allí para más besos y empujones hacia arriba.

Entonces, de alguna manera, llegamos al dormitorio.

Cody me puso de espaldas, pero me giró las caderas hacia un lado y levantó un muslo para penetrarme por detrás.

Otra posición de placer. Este hombre definitivamente sabía lo que hacía.

Estaba perdida con él. Perdida en el sexo. Perdida por la sensación de ser completamente complacida, controlada y amada por Cody.

Sí, amada, así se sentía. Él no lo había dicho, pero se palpaba en la habitación con nosotros. Había sexo explosivamente salvaje, pero estaba contenido en un recipiente de profundo cariño, de conexión, de unión verdadera.

Cody era el hombre para mí.

Esas dudas que mi padre me metió en la cabeza no

tenían razón de ser. Sabía que él era el hombre de mi vida.

—Ahora, Riley. —La voz de Cody era un gruñido de lobo. Los ojos le brillaban intensamente. Había un destello de sus colmillos.

Sí, ¡colmillos!

Me aferré a su brazo musculoso y mis uñas le arañaron la piel.

—Córrete en mi pene, cariño.

¡Hostia puta! Mi cuerpo obedeció su orden antes de que me diera cuenta. Mis músculos internos se apretaron alrededor de su pene. Espasmos de placer me recorrieron desde el fondo de mi ser hacia fuera.

Grité las escasas sílabas largas y de satisfacción que salieron de mi boca.

Cody gritó.

—¡Sí, Riley, sí! —gritó al sacudirse en mí.

—Sí, Cody —le contesté.

De algún modo, ahora estaba acunado entre mis piernas, y entonces su cuerpo cubrió el mío, su jadeante aliento caliente me soplaba el cuello, sus besos se derramaban sin cesar sobre mi cara y mis hombros.

Su corazón palpitaba contra mi pecho y yo disfrutaba de la sensación de sentir cuánto lo había conmovido.

Había sacado a flote a su animal... y él había sacado mi propio lado salvaje.

23

CODY

—Mierda. Casi te marco, cariño.

Yacía desparramado encima de ella, con cuidado de mantener el peso sobre los antebrazos. Le pellizqué el lugar donde mis dientes querían hundirse: donde su cuello se unía a su hombro. La lamí y la besé allí. Al darme cuenta de que aún traía ropa puesta, me levanté y me la quité. La miré con asombro mientras lo hacía.

Destino, qué increíble era ella.

Todos los problemas entre nosotros que antes parecían desalentadores —nuestra diferencia de edad, su padre, el acuerdo de una semana que hice con Rob— desaparecieron. Ahora solamente éramos nosotros dos.

Nada más importaba que estas conexiones. Estábamos juntos, y parecía que podíamos conquistar el mundo.

—¿A qué te refieres? —preguntó ella.

¿Eh? Ah, cierto. No se lo había dicho todavía.

Volví a subirme a la cama y nos puse de lado, apoyándome en un codo. Un mechón de pelo le colgaba de la cara y se lo aparté. Era tan preciosa. Mi lobo estuvo feliz de poder tocarla piel con piel, desnuda.

—Cuando un lobo encuentra a su compañera predestinada, la impregna con su olor para que otros cambiaformas entiendan que ha sido reclamada.

Riley me pasó las uñas por el pelo del pecho. La piel se me puso de gallina.

—¿En serio? ¿Cómo?

Le besé el hombro.

—Con un mordisco. Un mordisco de amor.

Me preparé para una reacción temerosa, pero no me la dio.

En cambio, los ojos le brillaron por el interés.

—¡Sabía que tus dientes se habían puesto más largos! ¿Eso era porque querías marcarme?

Sonreí y le pasé la mano por la cadera.

—Mi lobo se muere por marcarte. No entiende por qué tardo tanto.

—Anda, hazlo —se ofreció.

El corazón se me atascó en la garganta.

—¿Qué?

—Márcame.

—Mira, Riley, no sé muy bien si he dejado esto completamente claro. Los lobos se aparean de por vida. Después de que te marque, nunca te dejaré ir.

Parpadeó.

—Pues vale —dijo con voz suave y dulce.

No pude evitar mirarla. Me preguntaba si me la había follado demasiado fuerte y se le había soltado algún cable en el cerebro.

—¿Está bien? ¿Estás lista para eso? ¿Estás convencida de estar conmigo?

Ella asintió.

Por alguna razón, me ardían los ojos. Su confianza me mató.

—Eso es... mierda, eso es increíble, cariño. —Acaricié con la punta del dedo el lateral de su cuello—. Normalmente los lobos muerden aquí, pero como eres humana y te dejaría una cicatriz, elegiré otro sitio.

El aroma de la fresca excitación de Riley floreció, como si la idea de que yo la marcara la excitara.

Gracias a Dios. Ella era increíble. Y no veía la hora de marcarla. Pero también quería estar absolutamente seguro de que ella estaba de acuerdo con esto. El sexo era una cosa, pero ¿esto? Después de eso no había vuelta atrás.

Si fuera un humano y un caballero, también obtendría primero la bendición de su padre. No quería que Riley tuviera que elegir entre nosotros dos. Pero como era un tonto y no sabía nada de cambiaformas, no tenía nada que decir.

Le rocé desde el costado hasta su culo con la yema de mi dedo.

—Podría morderte aquí. Tienes el culo más perfecto y follable que he visto en mi vida.

—¿Ah, sí?

Había risa en su voz, pero también se sonrojó.

Qué dulce era, coño.

—¿Te parece bien que te marque el culo? ¿Que te muerda ese melocotón?

—Hazlo —me animó.

Sacudí la cabeza.

—Todavía no. Esta es una primera vez diferente, cariño. Es como los votos matrimoniales para los humanos. Quiero que las cosas con tu padre se arreglen primero para que no me dispare.

Bajó las cejas.

—No lo hará.

Después de lo que había pasado hoy, no estaba tan seguro.

—La buena noticia es que los cambiaformas pueden sobrevivir a disparos. Los agujeros de bala se curan en minutos. —Le guiñé un ojo.

—¿Ah, sí? —se incorporó, interesada—. ¿Qué más

necesito saber sobre los cambiaformas? Dios mío, Tyler. ¿Él sabe lo nuestro?

Asentí con la cabeza.

—Sí, hablé con él. Le pareció raro al principio, y probablemente le parecerá raro por un tiempo, pero le parece bien.

—No me imagino cómo —dijo.

—Es un cambiaformas. Sabe de las parejas predestinadas. Sabe lo que significa que yo encontrara la mía en ti.

—En serio.

—¿Entonces no me va a disparar por irme contigo?

Tuve que reírme de su jovialidad. Y eso me alegró el corazón y el humor. Ahora que sabía que estaba de lleno en esto, podía contarle cualquier cosa. Todo.

Se sentía tan pero tan bien.

—Somos animales de manada. Y tenías razón sobre el Rancho Wolf. Rob Wolf es nuestro alfa.

—Vaya. —Alzó las cejas—. Cody.

—¿Sí?

—¿Puedo ver a tu lobo?

—Por supuesto, cariño. —Cerré los ojos y me transformé con facilidad, invadiendo su cama con el enorme cuerpo de mi lobo marrón y negro.

Jadeó y me acarició el pelaje. Le acaricié la mano y recosté la cabeza en su regazo. Ella me acarició las orejas y canturreó lo hermoso que era.

A mi lobo le encantó presumirse. Era como si el mostrarle esta versión la hiciera parte de la manada.

Me volví a transformar.

—Mañana te presentaré a algunos de la manada, cariño.

24

CODY

Deslicé un plato lleno de nachos delante de Riley.

—Cariño, siento que esté tan lleno este lugar. Quiero dedicarte toda mi atención y...

Riley rechazó mis disculpas mientras al menos cinco clientes intentaban llamar mi atención.

—No te preocupes por mí. Me gusta verte trabajar.

Era todo lo que podía hacer para no enseñar los dientes cuando algún idiota me la rozaba para acercarme algún billete de veinte dólares.

Estaba perdiendo la paciencia de mi lobo que se moría por marcarla. Como Riley y yo teníamos horarios opuestos, ella trabajaba y tenía clases durante el día y yo trabajaba por la noche, no era algo para lo que tuviéramos mucho tiempo. Y quería tomarme mi tiempo con ella para hacer esto. Era algo único en la vida marcar a tu pareja

Había planeado tomarme la noche libre para prepararle filetes esta noche —una cena romántica a la luz de las velas en mi casa—, pero dos camareros se enfermaron y dejaron a Jimmy solo sirviendo las bebidas. Eso significaba que tendríamos otra cita estando yo en un lado de la barra y Riley en el otro. Peor aún, estábamos hasta arriba. Un ruidoso grupo de veinticinco hombres en viaje de pesca estaban en el bar, además de mis clientes habituales, y yo ni siquiera había tenido la oportunidad de limpiar el plato de la cena de Riley.

La vi llevarlo ella misma a la cocina.

Fue un gesto sencillo pero considerado. Una sensación se me expandió en el pecho: la facilidad con la que podía encajar. No me había dado cuenta de que tenía un agujero kilométrico en mi vida esperando a ser llenado hasta que percibí su aroma.

Tyler se había mudado al Rancho Wolf justo después de graduarse en el instituto. No tenía el síndrome del nido vacío porque era donde él pertenecía, y lo veía todo el tiempo. Hasta Riley, había estado perfectamente contento con... nada.

Mis días y mis noches no habían consistido en absolutamente nada interesante. Atendía este bar desde que dejé embarazada a la madre de Tyler. Intentamos vivir juntos durante unos meses, pero enseguida nos dimos cuenta de que no queríamos encerrarnos el uno al otro en una relación sin destino. Anne siempre soñó con encontrar a su compañero predestinado, y cuando fue a los Juegos de la Manada en Denver, seguro que lo encontró.

Había ocupado mis días criando a Tyler y trabajando. Ahora de repente parecía que había mucho que había dejado sin explorar. Y quería empezar a explorarlo ahora, esta noche, con Riley.

Si tan solo este lugar se despejara, podría echármela al hombro e irme a casa.

—¡Cody! Ven aquí. —Alguien me hizo un gesto con la mano.

No soportaba que me llamaran por mi nombre en la barra. Como si ya no estuviera preparando las bebidas tan rápida y metódicamente como podía. Como si hubiera optado por ignorarlos en lugar de tener las manos completamente ocupadas.

Pero hice lo de siempre y levanté la cabeza hacia él mientras cogía una copa de cóctel. Diablos, estaba en la última fila.

—Oye, Jimmy, necesito que busques unos vasos y que enciendas el lavavajillas —le dije.

—Sí. —Jimmy estiró la mano para recoger los envases vacíos que los clientes habían dejado allí, y con el codo empujó una bebida medio llena, haciendo que le cayera encima. Chocó contra el borde de la barra y se hizo pedazos, con trozos rotos cayendo en el peor lugar posible: el recipiente del hielo.

—Hijo de... —Cortó la palabrota y sacudió la cabeza, exasperado—. Lo siento, Cody. Se me ha resbalado.

Gruñí.

—Me tienes que estar jodiendo. —Ahora no podíamos servir otra bebida con hielo hasta que toda la máquina de hielo y el cubo estuvieran vacíos y limpios. Negué con la cabeza—. Ya sabes lo que hay que hacer. Vacíalo. Asegúrate de sacar hasta la última astilla.

No estaba enfadado con Jimmy. Había sido un accidente, pero es que... Quería aullar y correr y... follarme a mi compañera para aliviar esta frustración.

—En ello —dijo, poniéndose manos a la obra.

Demonios. Eso me dejó como el único que podía atender la barra, con solo unos pocos vasos limpios para servirlos. Agaché la cabeza y mezclé una copa tras otra mientras las colas alrededor de la barra crecían metro y medio y se extendían a lo largo de toda la barra.

Miré hacia el asiento de Riley para disculparme de nuevo.

¡Maldición! Se había ido.

Me cago en la puta. ¿Se fue sin despedirse?

—Disculpadme, chicos. —Oí el sonido de su dulce voz, aunque no pude distinguirla entre tanta gente. Una bandeja de cócteles flotó entre la multitud llena de vasos sucios.

Riley la empujó detrás de la barra y me dedicó una sonrisa antes de empezar a cargar vasos en la bandeja del lavavajillas.

Diablos. Eso requirió una colina de consideración y confianza. Qué encanto.

—¡Oye, Cody! ¡Cody!

Dejé de hacer lo que estaba haciendo, ignorando a todos los clientes que gritaban mi nombre y agitaban billetes de un dólar a mi paso, para acercarme a ella por detrás. Le rodeé la cintura con el brazo por detrás y hundí la cara en su cuello para inhalar su aroma.

—Eres muy amable por colaborar, cielo. —Le besé la piel—. Te demostraré mi agradecimiento más tarde.

Se giró, mostrándome esa sonrisa con hoyuelos.

—Si crees que voy a quedarme sentada de culo mientras tú te revientas aquí, estás loco. Somos pareja, ¿verdad?

Mi corazón se detuvo. Se revirtió. Se volvió a acelerar.

—Repítelo.

Su sonrisa ensanchó. Sosteniéndola entre mis brazos, metí la bandeja, ahora pesada, en el lavavajillas y lo puse en marcha.

—Somos pareja. —Se giró en mis brazos.

Vaya. ¿Esto estaba pasando de verdad? ¿Me había ganado su corazón y su lealtad? ¿Estaba realmente preparada para que la marcara y que fuera siempre mía?

No, probablemente me estaba adelantando.

—¡Cody!

Riley se puso de puntillas y me plantó un beso en los labios.

—Será mejor que sigas aquí. Te voy a traer más vasos. Y seguro que luego me das las gracias.

Me guiñó un ojo.

La acerqué a mi cuerpo, posando una mano en su culo mientras la otra acunaba su nuca.

—Diablos, te amo.

Riley se quedó inmóvil.

—¿Qué?

—¡Cody! ¡Deja de robar cunas y prepáranos unos tragos!

Por un segundo, yo también me quedé paralizado. ¿Había ido demasiado rápido? ¿Supuse demasiado? Pero a la mierda, no tenía tiempo que perder. Mi hembra necesitaba saber lo que sentía por ella.

Riley me miró a la cara detenidamente.

—Te amo, Riley Abbott. No es solo porque mi lobo te quiera a ti, es porque la naturaleza no comete errores. Eres la hembra perfecta para mí.

—¡McIntire! ¡Deja de follarte al personal, puto hombreriego!

Miré la cara de Riley para ver si alguna de las burlas

la molestaba, pero su expresión era suave y sus grandes ojos de cierva estaban muy abiertos.

—Yo también te amo, Cody McIntire.

Le sonreí como el tontazo que era.

Me dio otro rápido beso en los labios.

—Ahora vuelve a las bebidas. Estaré aquí toda la noche.

25

RILEY

Me encantaba ver trabajar a Cody. Bueno, aparte de ver a todas las mujeres coqueteando con él. Él les devolvía el coqueteo, pero yo sabía que era su forma de ser, un papel que desempeñaba para que la gente se sintiera bienvenida en su bar.

No podía culpar a las mujeres porque él era demasiado varonil y guapo, pero quería arrancarles los ojos a todas con esta nueva sensación de posesividad.

Esta noche no me molestó tanto. Sobre todo después de que me dijera que me quería. Trabajé durante una hora, sirviendo mesas y lavando vasos hasta que la multitud disminuyó. El grupo grande viajeros se marchó y todo volvió a la normalidad de Cooper Valley.

El grupo que tenía previsto tocar llegó y empezó a prepararse durante la pausa entre la *happy hour* y el baile nocturno, pero mientras tanto seguía sonando música country por las bocinas.

Me desplomé en el taburete de la barra, donde Cody me sirvió un agua con gas y limón, que parecía un cóctel con la pajita y todo, pero que no contenía alcohol por si alguien del departamento del alguacil volvía a pedir identificación. Me refería a mi padre, pero supuse que se le ocurriría alguna otra idea descabellada si seguía en modo cascarrabias.

Fue durante esta pausa cuando entraron Boyd Wolf y su mujer. Yo no los conocía personalmente, pero Boyd había sido una famosa estrella de rodeo antes de abandonar el circuito y era bastante conocido en Cooper Valley. Se había retirado y había sentado cabeza con la Dra. Ames, la ginecólogo del pueblo. Eso era todo lo que sabía de ellos. Era. Tiempo pasado. Empezando desde esta semana conocía el secreto de Boyd Wolf.

Lo estudié, buscando cualquier indicio de que fuera un lobo. Estaba su porte físico. Todos tenían eso en común: Cody, Tyler, Boyd y su hermano, Rob Wolf. Tipos grandes y guapos, con músculos perfectos y tonificados. Como creí en este pueblo, supuse que la mitad de los hombres del condado se veían así porque eran vaqueros. Sus cuerpos habían sido formados y tallados en el trabajo duro y pesado. Ahora sabía que probablemente era porque algunos de ellos también habían sido bendecidos con genes de lobo.

Cody lo saludó y levantó un dedo hacia él mientras hablaba con un cliente en un extremo de la barra.

Boyd me devolvió el saludo con la mano, pero me sonrió, como si me reconociera, y se quitó el sombrero. Condujo a su mujer hasta la barra y se acomodaron en los taburetes vacíos que tenía a mi lado.

—Hola. —Boyd extendió una mano—. Boyd Wolf.

La doctora también extendió una mano.

—Soy Audrey.

Nos dimos las manos.

—Riley Abbott.

—Cierto, la hija del ayudante Abbott. —Boyd sonrió.

—Sí —concordé—. Y la novia de Cody.

La novia. Ya está, lo dije, y me sentí bien. Mejor que bien. Estaba orgullosa de ser la compañera de Cody, y quería mostrarles a los otros cambiaformas que ahora era una de ellos. O lo más parecido a ser uno de ellos.

—Boyd, ven aquí y resuelve esta disputa sobre hebillas de cinturón de rodeo entre estos dos patanes. —Cody señaló a dos hombres que parecían estar enfrentándose.

Boyd sonrió y se acercó a la barra para hacer de árbitro mientras Cody preparaba las bebidas.

Cuando se fue, Audrey se volvió hacia mí.

—Me alegro mucho de que las cosas funcionen entre tú y Cody. Es un buen tipo.

Me pregunté si ella sabía que yo lo sabía.

—Sí, es de los buenos.

—Escucha. —Audrey se acercó más y puso una mano sobre la mía. Me miró directamente a los ojos. Sentí como si fuera a decirme que tenía que extirparme el apéndice o algo así—. Sé lo abrumador que puede ser descubrir que tu nuevo novio también es de otra especie. —Bajó la voz hasta casi desaparecer con la palabra «especie».

—Ya sabes —dije, con los ojos muy abiertos.

Se rio y luego susurró:

—Estoy casada con uno, así que es bastante difícil no darse cuenta cuando tu marido-compañero no solo es corpulento por naturaleza, sino que puede convertirse en lobo.

Me mordí el labio, preguntándome si debía preguntar.

—Entonces... ¿tú tampoco eres un lobo? —Bajé la voz para igualarla a la suya. La banda estaba afinando los instrumentos, por lo que el agudo chillido de una guitarra era lo que sonaba por el aire. Iba a ser difícil que alguien me escuchara, pero...

Ella negó con la cabeza.

—No. Yo era la doctora en el rodeo cuando Boyd fue herido por los cachos de un toro. Imagínate el susto que me llevé cuando su herida se le curó ante mis propios ojos.

Me quedé boquiabierta, sorprendida.

—Vaya.

Cody había dicho que se curaría si le disparaban, pero ¿corneado? Me dio de todo el solo de pensar en la horrible lesión.

Mi cerebro empezó a dar vueltas. ¿Era el protocolo de la manada aparearse con cualquiera que lo descubriera? Tal vez esto de aparearse con Cody no era tanto biología como un mandato. Ese parpadeo habitual de duda se encendió como una cerilla en el pedernal. No. No. Tenía que dejar de dudar de las intenciones de Cody, dejar de preocuparme de que era demasiado joven para él o pensar que los mujeriegos nunca sentaban cabeza o esperar a que me abandonara. Esa era la más fuerte, y culpaba a mi padre por todo eso y otras preocupaciones en mi cabeza.

—Bueno, yo solo quiero que sepas que estoy aquí para hablar de eso, de cómo es guardarle un secreto a tu familia, de cómo gestionar la integración en un nuevo mundo. Estoy aquí cuando lo necesites.

—Gracias. —Sonreí a la mujer mayor, aunque probablemente era unos años más joven que Cody—. Te lo agradezco mucho. Tengo un millón de preguntas.

Audrey sacó una tarjeta de contacto de su bolso y me la dio.

—Toma. —Escribió su teléfono móvil en el reverso —. Llámame cuando quieras. Mi hermana también se ha apareado con un hermano lobo, y tiene más o menos tu edad. Quizá podríamos quedar las tres para tomar algo.

¿En serio? ¿Dos mujeres con las que podía hablar y que sabían de cambiaformas? ¿Y encima agradables?

—Me encantaría.

La multitud se había juntado alrededor de la barra y Audrey y yo nos acercamos al lugar donde Cody y Boyd estaban charlando. Otro hombre se había unido a su conversación y hablaba y gesticulaba en voz alta. Evidentemente, ya se había bebido unas cuantas cervezas.

—Pero ¿cómo puedo competir en el terreno de las citas con Cody? —La voz del hombre retumbó como si su voz interior se hubiese roto—. Todas las mujeres de aquí se han enrollado con él o quieren hacerlo.

Parte de ese calor resplandeciente que había sentido en el pecho se esfumó.

—Bueno, estás de suerte. —Cody era bueno, todo un experto en tratar con borrachos—. Estoy fuera del mercado. Las damas son todas tuyas, Hank.

El hombre, Hank, levantó su vaso hacia él en señal de saludo.

—Enséñame tus técnicas, hombre. Has esparcido tu semilla por todas partes, Sr. Mujeriego.

Cody me miró y me dedicó una mirada de disculpa.

—No. Nada de semillas esparcidas. Me has entendido mal, grandullón.

—Claaaaro —dijo, limpiándose la boca con el dorso de la mano—. Aprendiste esa lección por las malas con Tyler, ¿no? Lo ocultaste bien después de eso.

Lo oculté... Ah.

—Con uno fue suficiente —concordó Cody—. Definitivamente ya no más.

Definitivamente ya no más.

Se me cayó el estómago. Cody no dijo las palabras con ese tono apaciguador que se usa con un borracho para que se callara. Las dijo como si fuera en serio. Como si no tuviera ninguna duda. Como si definitivamente hubiera ya no quisiera más hijos.

Dios mío.

Mi padre lo había mencionado durante nuestra discusión, pero había dicho tantas cosas para hacerme creer que Cody no era bueno para mí que lo pasé por alto. Había estado concentrada en si Cody realmente me quería. Cuando dijo para siempre, supuse que significaba todo... Pero no iba en serio con lo de todo si no quería más hijos.

Dios, ya había criado a uno.

Cuando me imaginaba teniendo hijos, no era siendo madrastra de mi amigo íntimo del instituto. Era como una mala película de televisión.

Quería una casa llena de ruido y risas y un montón de niños. Quería bebés, no una chico de diecinueve años.

Ahora el brillo de nuestra relación estaba empañado. Dios, ¡era por mi inexperiencia! ¿Por qué no había pensado en todo esto? ¿Por qué creía que, si Cody decía todo lo que estaba bien, todo iría bien?

Porque tienes diecinueve años y nunca has estado con un chico. Ni siquiera con un chico principiante como Matt o Ethan. Me había ido de cabeza, ¿no?

La banda tocó una canción.

—Oye, Hank, ¿por qué no vas a ver si alguna de esas mujeres quiere bailar? —sugirió Cody.

Hank se bajó del taburete y se bebió la cerveza. Se tambaleaba un poco, pero probablemente bailaría mejor medio borracho.

—Vale. Creo que lo haré.

—Tú puedes, colega. —Boyd le dio un golpe en la espalda y lo despidió con una sonrisa. Audrey se puso a su lado y él le rodeó la cintura con un brazo musculoso —. Riley, pareces ser un encanto. Me alegro de que las cosas vayan a funcionar entre vosotros dos —dijo Boyd, como si hubiera habido alguna duda al respecto.

La mirada de Cody estaba puesta en mí. Me guiñó un ojo.

Las palabras de Boyd me hicieron saltar las alarmas, pero no estaba segura de por qué. Tragué saliva.

—¿A qué te refieres con «funcionar»?

Boyd no se percató de mi demasiado bulliciosa inquietud después de engatusar a los clientes borrachos. Se echó a reír.

—Rob dijo que, si alguien podía hacer que una mujer se enamorara de él en una semana, ¡ese era Cody!

Retrocedí, de repente mareada.

¿De qué hablaba?

—¿Una semana? —grazné. Hacía demasiado calor aquí. Busqué la mirada de Cody—. ¿A qué se refiere con una semana?

Boyd se dio cuenta de su error y se le borró la sonrisa. Audrey arrugó la frente, preocupada.

Cody los miró a ambos, lo que fue decisivo para mí. Todos sabían algo que yo no sabía.

—No... no es nada, cariño —dijo de un modo que me hizo creer exactamente lo contrario.

Mi estómago, ya mareado, se revolvió. Las lágrimas me ardían detrás de los ojos. Recordé lo que Audrey había dicho: Boyd se había apareado con ella después de que ella descubriera su secreto.

¡Dios mío! ¿Era de eso que iba esto? ¿Rob le dijo que me enamorara para que no le contara a nadie lo que había visto en el sendero? Tal vez creyó que Tyler no tenía las agallas para enamorar a una mujer, así que la tarea recayó en Cody.

Un seductor de mujeres más experimentado. Un mujeriego.

Me sentí mal.

—¿Una semana para qué? —pregunté—. ¿Una semana para reclamarme? —¡Maldita sea el temblor en mi voz!

Tanto Boyd como Cody lanzaron miradas a los lados, como si les preocupara que alguien me hubiera oído decir «reclamar».

—No. —Cody sacudió la cabeza—. No fue eso. Escucha, cariño. Vayamos a un lugar privado para hablar.

Ahora solo quería sacarme de aquí antes de que revelara su preciado secreto.

Di un paso atrás.

—¡No! No quiero ir a ningún sitio contigo. Si tienes algo que decir, puedes decirlo aquí, delante de todos.

—Vale, escucha. —Cody se acercó a la barra y bajó la cabeza para hablar en voz baja—. Es como te había dicho. Rob quería que te borrara la memoria. Por eso te saqué de casa de tu abuela. Hice un trato con él: le pedí una semana.

—Qué ganga —susurré porque me había dejado sin aliento.

Me alejé dando tumbos, casi tropezando con un taburete, para alejarme de su embriagadora atracción, de su influencia magnetizadora. Parecía creer que su explicación mejoraba las cosas, pero no fue así.

Una semana. Era un juego. Una ganga.

Me habían manipulado. Habían jugado conmigo. Me sentía tan barata ahora mismo.

Mi padre tenía razón. Cody era como mi madre. Pero era mucho peor. No solo quería quitarme la virginidad o pasar el rato: estaba usando mi atracción hacia él para comprar mi silencio.

Era enfermizo.

Me dieron ganas de vomitar.

—Entonces, ¿qué? ¿Estaba todo el mundo haciendo apuestas sobre si Cody, el mujeriego, podría hacerse con una virgen o algo así?

Las lágrimas empezaron a derramarse.

Boyd parecía cabreado. Audrey se veía tan preocupada como para poner su mano en mi brazo.

—¿Qué? —Las cejas de Cody se juntaron de golpe—. No. Por supuesto que no. —Se acercó a la barra como si quisiera tocarme. No podía permitirlo.

Levanté una mano.

—Quédate ahí.

Por una vez, Cody hizo lo que le pedí, haciendo una pausa al final de la barra con cara de tortura.

—Funcionó. Me enamoré de ti, y solo tomó... cuatro días. Tal vez sea una nueva marca personal.

—Cariño —gruñó.

—Cariño nada. Dios, ¿llamas así a todas las chicas para no tener que recordar ningún nombre? —Me reí, pero todo esto era demasiado amargo.

—Riley, cálmate y piensa. Yo no...

Levanté ambas manos como si fuera a detener un tren de mercancías que se me venía encima.

—Vaya, no le digas a una chica que se calme —murmuró Audrey en voz baja.

—Tú no... ¿qué? —le pregunté a Cody—. ¿No vas a estar conmigo después de que te he dicho que te amo? ¿No me darás hijos? Ya lo sé. Definitivamente no tendrás más, ¿cierto?

Sus labios se endurecieron y formaron una línea recta. Sí, ya no hablaba.

—Estabas jugando conmigo. —Sacudí la cabeza y me pasé una mano por la cara—. ¿Por qué otra razón estarías conmigo sabiendo, tú más que nadie sabiendo que no me darías todo lo que alguien de mi edad querría a menos que fuera solo un juego? Era una ganga.

—No era un juego. Tú sabes lo que eres para mí. —Volvió a mirar a su alrededor como si no pudiera decir la palabra compañera en voz alta.

Me burlé.

—No me creo eso. ¿Por qué ahora? Ya nos conocíamos. Crecí en este pueblo y nunca mostraste ni un ápice de interés hasta que vi a un lobo luchar contra un puma en el sendero.

—No lo sabía hasta ahora.

Le dirigí una mirada severa.

—No más frases seductoras. Se acabó.

Dios, me dolió. Pero lo que lo hacía aún peor era que mi padre tenía razón. En todo. Había jugado a ser un adulto. Estaba herida y humillada. Ahora mi padre sería aún más un padre helicóptero, entrometiéndose en mi vida amorosa, porque yo era un idiota.

Me dirigí a la puerta, zigzagueando entre las mesas y la gente que se lo estaba pasando bien, ya que ellos el tipo que les dijo te amo hace un rato no lo había hecho porque sellaba un puto trato. «Te amo» fue la última frase de su juego de mierda.

—¡Riley, espera! —Cody me siguió y me agarró el codo, pero cuando me lo sacudí, me soltó—. Por favor. Hablemos de esto.

Sacudí la cabeza, con lágrimas frescas llenándome la cara.

—No soy tu conquista. No hay nada de qué hablar. Dile a Rob que no se preocupe, que yo me olvidaré de ti.

26

CODY

—¡Riley! —Alargué la mano para agarrarla del brazo otra vez, pero Boyd me agarró del hombro y me echó hacia atrás. Apenas pude evitar darme la vuelta y darle un cabezazo. Quería pelearme con él, dejar salir a mi lobo y pelear con él, pero no podía.

—Dale un poco de espacio —espetó.

No tenía ni idea de lo cerca que estaba de arrancarle la garganta.

—No —gruñí—. Necesito arreglar esto.

—Boyd tiene razón. —Audrey se acercó, pero no demasiado. Había formado parte de la manada el tiempo necesario para saber que no debía meterse entre dos machos enfadados—. Ella no va a escuchar nada de lo que tengas que decir ahora.

Mi lobo aulló de dolor.

—Ella es mi compañera.

Verla salir por la puerta con lágrimas en su hermoso rostro y saber que yo las había provocado me dio ganas de partirme mi propia cara.

—No importa. Incluso los compañeros necesitan espacio a veces —dijo Audrey.

—¿Qué debo hacer? —No era propio de mí pedir consejo sobre cómo tratar a una mujer, pero Riley no era cualquiera mujer.

Ella era mi vida.

Ni siquiera me importaban las implicaciones para la manada. No se trataba de que ella supiera nuestro secreto. Nunca lo fue.

Pero de alguna manera le había hecho creer eso.

¡Diablos!

—Dale una o dos horas para que se calme, después la buscas.

Gruñí. No me gustaba su consejo. Demonios, no quería aceptarlo. Pero no podía pensar con el estruendo en mi cabeza, con los gruñidos de mi lobo por querer ser libre para ir tras ella.

Una hora o dos. ¿Cómo iba a vivir tanto tiempo sabiendo que mi compañera estaba sufriendo?

¿Sabiendo que sufría y que yo se lo había causado? ¿Sabiendo que yo era el único que podía arreglarlo?

Pero ¿cómo? Tenía que demostrarle a Riley que mi amor era real, que nada de esto era una manipulación. Que ella era mía para siempre, supiera o no nuestro secreto.

—Necesito correr —murmuré, y tanto Boyd como Audrey sabían lo que eso significaba. Mi lobo necesitaba salir, o empezaría a volverme loco.

Boyd inclinó la cabeza hacia la puerta.

—Vete. Saca tu agresividad para que puedas pensar con claridad.

Asentí con la cabeza.

—Tengo que arreglar esto.

Boyd dejó caer una mano sobre mi hombro y la sacudió bruscamente.

—Lo harás.

No tenía la misma seguridad que él. No sabía qué demonios podía hacer o decirle a Riley para que entendiera lo que significaba para mí.

Solo sabía que, si no lo resolvía, no sobreviviría sin ella.

RILEY

Entré al garaje y apagué el motor. No estaba en casa de Nana, sino de mi padre. Era el último lugar donde quería estar, pero no tenía muchas opciones. Lila estaba en el colegio. Wendy y Alice sabían que le gustaba a Cody por la noche de bolos y por la forma en que me había seguido al baño y por cómo yo había vuelto toda risueña por el un orgasmo. Pero no podía pegarme un atracón de helado con ninguna de ellas porque, ¿qué podía decir?

Bueno, sí, Cody McIntire me folló de múltiples formas porque había apostado con su amigo a que me enamoraría de él en menos de una semana.

Esa era la verdad y mucho sobre lo que despotricar

durante mucho, mucho tiempo. Y eso sin llegar a la parte de cambiaformas, lo de borrar la mente. Nada de eso.

Porque Cody era un cambiaformas. Perseguía a su presa. Lo sabía de primera mano. Desde que hui, supuse que su lobo lo haría venir tras de mí. No podía permitir eso. Ahora no. Dios, ni nunca.

Cerré los ojos y me tumbé en el reposacabezas. Había conducido sin rumbo, pensando, furiosa, abofeteándome mentalmente por mi estupidez. Las lágrimas se habían detenido bastante rápido ya que no podía ver la carretera, y lo último que quería era que mi padre me detuviera. Como trabajaba en el turno de noche, era una posibilidad.

Sabiendo que me quedaría sin gasolina tarde o temprano, fui al único sitio donde Cody no se atrevería a ir: la casa de mi padre.

La puerta del garaje se cerró tras de mí y solo la luz del techo iluminaba el espacio.

Esta había sido la PEOR vergüenza de mi vida. Enamorarme de un tipo del que mi padre me había advertido. Le había echado en cara su experiencia en el tema. Ahora me iba a mirar con una cara de «te lo dije» durante meses, o con lástima. No sabía qué era peor.

¿Y qué le iba a decir a Nana?

Al menos tenía un respiro por esta noche.

Cogí mi bolso y bajé del coche, entré por el lavadero y fui a la cocina. Como la luz de encima de la estufa estaba encendida, no encendí ninguna otra. Este era mi hogar. Aquí crecí. Todo me resultaba familiar.

Sin embargo, de alguna manera en los últimos días, parecía... diferente.

Los estúpidos imanes seguían en la nevera. La taza de café de mi padre estaba boca abajo en el tendedero, como siempre. Era yo la que había cambiado.

Cody me había cambiado. Me había hecho ver que no debía comprometer lo que quería, que yo valía más que cualquier mísera relación que Matt o Ethan o cualquier otro tipo pudieran ofrecerme. Me lo merecía todo.

Pensé que era con Cody.

Pero no. Era una niña tonta.

Las lágrimas volvieron a brotar y me recosté en la encimera hasta que cesaron las peores. Era hora de ir a la cama y a llorar hasta quedarme dormida. Entré a la sala para dirigirme a mi habitación.

—Me preguntaba cuánto tiempo ibas a llorar.

Di un salto y grité.

—Dios, las mujeres son un desastre.

No era Cody. No era mi padre. Era... no sabía quién era.

Pero estaba sentado en el sillón reclinable de mi padre, con un arma en la mano, apuntándome a mí.

RILEY

SE ME ERIZÓ la piel por la adrenalina. El corazón me latía a mil por hora. Me quedé paralizada, con un pie delante del otro, como si me hubieran disparado con una pistola eléctrica.

—Quién... ¿Quién eres?

Extendió la mano y encendió la lámpara de lectura.

La luz me hizo parpadear, pero también hizo que el hombre, y el arma que empuñaba, se vieran con más claridad.

Nunca lo había visto antes. No podía distinguir su estatura porque estaba muy cómodamente recostado en el sillón reclinable, pero era grande. Era más o menos del mismo tamaño que mi padre, aunque tieso. El pelo oscuro le caía a mechones hasta la barbilla. Tenía ojos marrones, mejillas pálidas, bigote. Un tatuaje asomaba por el cuello de su camiseta blanca dedicada a un grupo vintage de heavy metal. Llevaba vaqueros y botas robustas.

Y una mirada maligna que recorría mi cuerpo de arriba abajo.

—Tú debes ser la hija. Tengo bastantes fotos tuyas en las paredes.

Esa mirada se convirtió en otra cosa. Cutre y asqueroso.

Pude haber sido drogada, secuestrada por Cody y atada a una cama, y me había asustado, pero nada como esto.

Iba a hacerme cosas malas y a usar esa pistola.

—Aún mejor.

Tragué con fuerza, pero tenía la boca tan seca que me dolió.

—¿Quieres saber quién soy, cielo?

¿Quería? Lo que quería retroceder en los últimos minutos y estar en mi coche dando vueltas por el pueblo. En cualquier sitio menos aquí.

Asentí porque supuse que eso era lo que quería.

—Neil Kobchek.

Parpadeé. Su nombre no me dio a entender nada. Resopló.

—Tu papi no te ha hablado de mi hermano, ¿verdad?

Di un paso atrás cuando se echó hacia delante en el sillón reclinable y se puso de pie. Se cernió sobre mí. Yo retrocedí un paso más.

—No. Quédate ahí.

¡Como si fuera a huir cuando tenía un arma! ¿Me perseguiría como lo había hecho Cody?

Cody. Lo necesitaba ahora mismo. Mierda, necesitaba a toda la fuerza policial.

—Mi hermano es al que él encerró durante veinte años.

Ah. ¡Ah!

El juicio en Bozeman. El desastre que había mencionado.

—Lamento... lamento que tu hermano esté en la cárcel.

Me temblaba la voz. No lo lamentaba. Si lo habían condenado y se iba a pasar dos décadas en la cárcel, debía de haber hecho algo muy malo, como retener a alguien a punta de pistola en su casa. ¿Por qué este tipo no estaba en la cárcel también?

Se rio y luego se detuvo. Ninguna sonrisa adornaba su rostro aterrador.

—Yo también —espetó—. Es hora de que tu padre también lo lamente. —Acortó la distancia que nos separaba y levantó la mano. Me estremecí, pero se limitó a pasarme los dedos por las puntas del pelo.

Ahora estaba temblando. La bilis me subió a la garganta.

—Por favor, no me toques —susurré.

Bajó la mano. Su mirada se endureció.

—Yo no violo —gruñó, como si tuviera un código, como si lo hubiera insultado.

Se me cortó la respiración y quise llorar de alivio.

—Yo mato.

Eso sí que estaba mal.

—Estaba esperando a tu papi, pero esto es mejor. Tiene que sufrir como mi hermano va a sufrir en su propio infierno enjaulado. Llámalo y dile que venga aquí. Él va a ver cuando te meta una bala en la cabeza.

Sacudí la cabeza sin pensar. No quería tener una bala en la cabeza. Pero debió pensar que me negaba a llamar a papá.

—¡QUE LO LLAMES!

Salté.

—Vale. Vale. Mi móvil está en mi bolso encima de la encimera.

Asintió con la cabeza y agitó la pistola para indicarme que la buscara.

Volví a la cocina y saqué el móvil. Me temblaban tanto los dedos que lo dejé caer con estrépito sobre la encimera. ¿Qué iba a hacer? Si papá aparecía, él moría. Moriríamos los dos. Tenía que avisarle. Tenía que hacer algo.

—Nada de cosas raras. —Se paró al otro lado de la isla central frente a mí. Podía intentar salir corriendo por el garaje, pero la puerta estaba cerrada. Moriría antes de llegar a la mitad. Él estaba bloqueando la única otra salida—. Dile que venga a casa porque el calentador de agua se ha dañado.

—Lo cambiaron durante el invierno —dije. Dios, ¿por qué había dicho eso? Mis pensamientos y mi boca no estaban sincronizados.

—Bueno, entonces algo que lo traiga aquí. ¡Ahora!

Asentí con la cabeza.

Al desbloquear mi teléfono, vi diez mensajes y tres llamadas perdidas. Todos de Cody.

Cody. Él podría salvarme. ¡Él podía sobrevivir a un disparo! Había dicho eso después de que mi padre lo amenazara.

No podía morir.

Pulsé el botón de llamada.

—¡Riley!

Esa voz. Ese profundo gruñido de rabia y frustración me llenó el corazón, me mojó las bragas y me dio esperanza.

—Papi... Necesito que vengas a casa... de inmediato.

Durante largos momentos, Cody se quedó callado. Lo único que oía eran los latidos de mi corazón en los oídos. Lo único que alcanzaba a ver era al hombre y su arma.

—¿Qué pasa, Riley?

—Rompí con Pete.

Volvió a quedarse callado, con la esperanza de intentar entender por qué decía las cosas que decía.

—Papi, ¿estás ahí? —pregunté, esperando que se diera cuenta de que odiábamos que yo lo llamara así. No era nuestra fantasía. De hecho, me parecía un poco asqueroso, sobre todo teniendo en cuenta nuestra diferencia de edad.

Cody dudó. Dios mío, estaba que se diera cuenta de que le estaba enviando un mensaje.

—Estoy aquí.

—Sé que querías que saliera con alguien mayor, más maduro. Tenías razón. ¿Me puedes traer helado?

El hombre agitó la pistola, no muy contento.

—¿Estás en casa de tu Nana?

—No. Estoy en casa.

—Muy bien, te veo pronto.

El alivio hizo que las lágrimas se me desbordaran por las mejillas.

—Gracias, papi. Hasta luego.

29

CODY

Se me erizaron los pelos de la nuca. Mi lobo soltó un gruñido audible. Algo le pasaba a Riley.

Era algo muy malo. Peor que nuestra pelea. De hecho, algo estaba tan mal que me había llamado a mí a pesar de nuestra ruptura.

Los neumáticos de mi Jeep chirriaron cuando di media vuelta y me dirigí hacia ella.

Había estado yendo de camino al cañón para soltar a mi lobo y correr cuando me llamó. Al principio, ver su nombre en la pantalla de mi móvil hizo que el alivio inundara mis venas, mejor que cualquier droga. Pero cuando me llamó papi, supe al instante que algo no estaba bien, porque lo único que ella nunca quiso fue que yo fuera su papi.

Luego había dicho que había roto con Pete. Ese pequeño capullo de los bolos. Como si fuera posible semejante cosa. Fue entonces cuando supe que estaba tratando de decirme algo. No sabía qué mierda estaba pasando, aparte de que me necesitaba ahora.

Mi lobo quería que saliera, me transformara y corriera. Pero, aunque corría rápido en forma de lobo, no era tan rápido como el Jeep, sobre todo saltándome todas las leyes de velocidad. Sin saber lo que me iba a encontrar, aparqué al final de la cuadra y me acerqué a la casa en silencio. Menos mal que estaba en un barrio antiguo con un montón de árboles y arbustos que dividían la propiedad. No necesitaba que un vecino llamara a la policía. Bueno, tal vez sí, pero hasta que no supiera qué nos estaba haciendo perder la cabeza a mí y a mi lobo, quería permanecer oculto.

Había una luz encendida en la sala, pero con las persianas bajadas, no veía una mierda.

Caminé hacia la parte trasera de la casa y me asomé a la ventana de la cocina.

Demonios. ¡Demonios!

Ahí estaba mi chica con un cabrón empuñando una pistola. Estaba sentada en la mesa de la cocina, con las manos apoyadas en la superficie de madera. ¿Estaba temblando? Estaba de espaldas a mí, así que no podía verle la cara. Pero podía ver al hombre. Nunca lo había visto. Seguro que no era de Cooper Valley.

Podría entrar y arrancarle la puta cabeza. Literalmente romperle el cuello, destruirlo. Pero Riley estaba allí. Yo podría sobrevivir a una herida de bala, pero ella no.

¿Quién era ese y por qué diablos la tenía secuestrada?

Necesitaba ayuda. Ayuda de verdad, no un puñado de lobos acabando con un malo en la cocina del ayudante del alguacil.

En contra de todos mis instintos, me retiré de la casa y saqué el móvil y lo usé cuando estaba en la acera, tres casas más abajo.

—Abbott.

—Soy Cody. Tenemos un problema.

—Sí, tú. Tú eres mi puto problema.

No pude contener mi gruñido de lobo.

—Alguien tiene a Riley a punta de pistola en tu casa.

—¿Qué? —Oí el sonido de pisadas, como si Kyle ya estuviera corriendo hacia su coche.

—Si no llegas en dos minutos, voy a entrar. —No tenía demasiada paciencia cuando mi compañera estaba en peligro.

—¡No! No entres. Esto es un asunto policial —bramó Kyle—. Quédate donde estés. —La puerta de un coche se cerró de golpe y oí arrancar el motor. La comisaría estaba a solo unos minutos. Aun así, me pareció demasiado tiempo.

Ni de puta coña me iba a quedar aquí.

—Aparca en la Elm. Nos vemos allí.

30

CODY

No aparcó en la Elm.

Estaba mirando atentamente por la ventanilla trasera para asegurarme de que Riley seguía viva cuando mi oído de lobo captó el sonido de un coche que llegaba y aparcaba en la cuadra de enfrente.

Maldito imbécil.

Corrí en ese sentido.

Quería dejarme atrás. Ni de coña iba a dejar que el padre de mi compañera entrara en esa casa. No cuando ya había supuesto que el matón había venido a por él. Recordé lo que Levi había dicho sobre las amenazas de muerte que habían tenido relacionadas con el juicio que Kyle había tenido la semana pasada.

Y Riley me había llamado «papi», como si hubiera fingido que llamaba a su padre y quería que viniera a casa.

Doblé la esquina trasera, corriendo mucho más rápido de lo que podría hacerlo un humano y vi a Kyle, acercándose a la casa, desenfundando su arma. Me abalancé sobre él, arrastrándolo hacia atrás y lanzándolo contra la valla de Bernice Elton.

—Te he dicho Elm, idiota —susurré.

—Es un hombre muerto —siseó Kyle.

Kyle trató de levantar el arma, pero yo le agarré la muñeca con fuerza.

Se le descolgó la mandíbula, sorprendido. Estaba revelando mi secreto a otro humano mostrando mi fuerza superior. Estaba infringiendo la ley de la manada otra vez, pero no me importaba. Mi compañera corría peligro. Nada más importaba. Diablos, podría hacer que le borraran la mente.

Necesitaba entrar y salvar a Riley, pero tampoco podía hacerlo a riesgo de que le dispararan a su padre. Mi compañera lo necesitaba vivo, me quisiera él o no.

—Sí, desde luego que sí. Escúchame. Yo voy a entrar —susurré ferozmente—. Las balas no me hacen daño. —No era del todo cierto. Una disparo en la cabeza podría matar a un cambiaformas, pero estaba dispuesto a correr ese riesgo—. Dispárale a ese cretino desde la ventana cuando yo esté entre Riley y su pistola.

Kyle se me quedó mirando. Relajó su forcejeo y lo solté.

—Eres uno de ellos.

Así que ya conocía a los de nuestra especie.

Amartilló su arma. No estaba seguro de si pretendía dispararme o sólo se disponía a seguir mis órdenes.

Asentí con la cabeza.

—Él ha venido a por ti. No tengo idea de por qué, pero Riley se ha visto envuelta en esto. Has traído tu mierda del trabajo a casa. Ahora dame tu sombrero. Entraré por el frente fingiendo ser tú.

Los ojos de Kyle se abrieron de par en par por mis palabras mordaces. Sí, era culpa suya que su hija estuviera en peligro, pero yo sabía que no haría nada para hacerle daño intencionadamente. Me dio su sombrero de alguacil y enfundó su arma para desabrocharse la camisa. Yo me arranqué la mía por encima de la cabeza.

—¿Sabes quién es? —Se arrancó la camisa marrón de alguacil y me la lanzó.

Me encogí de hombros y me abotoné la camisa mientras corría hacia su coche patrulla.

—No. Nunca lo había visto. Ella me llamó pero habló como si estuviera hablando contigo. Me llamó papi y me dijo que había roto con Pete...

—¿Ese jugador de fútbol de su clase? Ella no saldría con él...

—Exacto. —Al menos no se estaba quedando en lo

de «papi»—. Intentaba decirme que necesitaba ayuda porque alguien que te quiere a ti la tiene secuestrada. Ahora dame tus llaves.

—Hijo de puta. —Kyle me los dio.

—Estacionaré en la entrada y mantendré la cabeza baja mientras camino hacia la puerta. Ve por detrás, estaban en la cocina.

Kyle asintió y volvió a desenfundar su arma.

—Levi viene en camino, espera refuerzos.

Apreté los dientes. Deberíamos esperar a Levi. Él era un cambiaformas y tenía un arma. Además, no era el padre de Riley. Pero ya había pasado demasiado tiempo desde que Riley llamó.

Mi lobo no quiso esperar ni un minuto más.

Negué con la cabeza.

—No. Tú eres el refuerzo. Ya he esperado demasiado. Voy a entrar.

Me puse al volante del coche del alguacil y lo arranqué. Casi rompo la palanca de cambios al ponerlo en marcha. Mis caninos habían descendido a pesar de mis esfuerzos por no transformarme y me habían perforado el labio.

—Aguanta. Ya voy, Riley —murmuré—. Y voy a descuartizar a este tipo cuando llegue.

31

RILEY

Me pareció una eternidad estar atrapada en la cocina con un asesino.

Me había ordenado que me sentara en la mesa de la cocina, así que no había tenido oportunidad de sacar a escondidas un cuchillo del cajón. Intentaba desesperadamente idear un plan para cuando Cody llegara, o una forma de crear una distracción para que Cody pudiera desarmarlo, o de derribarlo mientras Cody lo distraía.

Había una escopeta en el armario del pasillo. Tal vez podía decir que tenía que ir al baño.

También estaba la silla en la que estaba sentada. No era un arma mortal, pero era mejor que nada.

Oí el ruido de un coche que se acercaba a la entrada

e intenté mirar por la ventana mientras me agarraba al peldaño del respaldo de la silla.

—Ven aquí. —El tipo me haló por el pelo y me levantó del asiento.

Olvídate de usar la silla como arma.

Me rodeó el cuello con un brazo y me puso el cañón de la pistola en la cabeza.

Maldición. Esto iba a ser complicado.

La puerta principal se abrió.

—¿Riley? —El profundo rugido de Cody sonó tenso.

Mi captor me llevó hacia la puerta que separaba la cocina de la sala de estar.

Por un momento pensé que era mi padre porque el hombre que estaba en la sala vestía una camisa y un sombrero de alguacil, pero era Cody.

Mantuvo la cabeza baja, ocultando el rostro tras el ala del sombrero, mientras echaba las llaves a la mesa.

—Bienvenido, oficial.

Cody se quedó inmóvil, levantando un poco la cabeza.

Tenía que hacer algo. Mi captor planeaba ejecutarme delante de mi padre. En cuanto se diera cuenta de que no era él, apretaría el gatillo.

—¡Papá! —dije, tratando de mantener la ilusión un momento más. Al mismo tiempo, ladeé el codo y se lo clavé en el plexo solar con toda la fuerza que pude, luego agarré el dedo meñique del brazo que me rodeaba la garganta y tiré hacia fuera hasta fracturárselo.

Cody ya estaba encima de nosotros cuando se disparó el arma.

Grité al caer al suelo. Cristales se hicieron trizas. Sonaron más disparos.

Me inmovilizaron contra el suelo de madera, pero no luché. Era el cuerpo de Cody el que cubría el mío. Lo supe por el olor y el contacto.

Lo supe por las ganas que tenía de llorar de alivio.

Estaba protegiendo mi cuerpo con el suyo, como sabía que haría.

¿Cómo es que no confiaba en que este hombre me amaba cuando sabía al mismo tiempo que arriesgaría su vida por mí y que haría cualquier cosa por salvarme?

—¡Riley! —Esta vez era la voz de mi padre.

—Está muerto —anunció otra persona—. ¿Lo conoces, Kyle?

—Mierda, es el hermano de Daryl Kobchek —dijo mi padre—. No sé cómo se llama, pero estaba en el juicio.

Cody me soltó y levanté la vista. El alguacil había llegado. Tanto él como mi padre estaban armados y le apuntaban al cadáver que yacía en el suelo, al lado de la mesa de café destrozada.

—Neil. Siempre fue vocero de que habían incriminado. Sabía que estaba enojado, pero nunca imaginé esto.

—Papá —llamé, y se volvió hacia mí, como si supiera que la amenaza había desaparecido.

—¡No! —grité horrorizado mi padre al verme. Se arrodilló a nuestro lado—. ¡Riley!

—¿Qué...? —Miré hacia abajo y me ahogué. Estaba cubierta de sangre.

—No es... de ella... —dijo Cody, con la voz entrecortada. Con la mano tapaba una herida en su pecho de la que manaba sangre.

—¡Cody! —grité, lanzándome hacia él. Dios mío, le habían disparado.

—Espera —dijo el alguacil, poniéndome una mano en el hombro—. Dale un poco de espacio.

—¡Necesita ayuda! —grité, encogiéndome de hombros ante el contacto.

—Parece que esa bala le ha perforado un pulmón.

Pulmón perfor...

A Cody le costaba respirar: cada inhalación era un sonido áspero y de succión, y las exhalaciones apenas se movían. Se me llenaron los ojos de lágrimas. El shock me dejó helada. Dios mío, se estaba muriendo. Le grité y le dije que se había acabado y ahora lo estaba perdiendo.

—¡No! —grité, acomodándome a su lado con miedo de tocarlo—. Cody... por favor.

Entonces recordé que Cody había dicho que las balas

no le hacían daño, aunque a mí me parecía que estaba muy herido.

Miré a ambos hombres.

—Llamad a una ambulancia.

El alguacil negó con la cabeza.

—Estará bien sin eso.

¿Era realmente cierto? No estaba pidiendo ayuda médica por su radio, así que debía saber algo.

—¿Se... se pondrá bien? —Mi voz se entrecortaba y las lágrimas me llenaban la cara. No creí que me quedara alguna después de romper con Cody, pero resultó que pensar que podría morir me produjo otra fuente. Le había llamado a él en lugar de a mi padre. Tal vez no debería haberlo hecho porque había llegado sin un arma, sin chaleco antibalas.

—Dijo que las balas no le hacen daño —dijo mi padre, pero parecía inseguro de pie junto a nosotros. No sabía cuándo habían hablado esos dos sin intentar matarse—. Él sabía lo que podría pasar.

El alguacil asintió, tranquilo. Se arrodilló junto a Cody y rasgó la camisa del uniforme para descubrir la herida. La sangre le cubría la piel y rezumaba del agujero del pecho.

—¿Puedes transformarte, amigo?

Cody resolló. El sudor le cubría la piel y estaba pálido. Demasiado pálido.

—Transfórmate —ordenó el alguacil con un tono grave y autoritario que me produjo un escalofrío.

Los pantalones de Cody se desgarraron al romperse la tela, y entonces allí estaba en forma de lobo, jadeando, con el pelaje empapado de sangre.

—Hostia puta —murmuró mi padre, con los ojos muy abiertos, pero no parecía sorprendido.

—¿Se pondrá bien? —volví a preguntar, moviendo la mirada entre el alguacil y Cody. Dios, solo necesitaba que alguien me dijera que viviría para saber que yo también podía seguir viviendo.

Con Cody.

—Sí. Se curará más rápido en forma de lobo.

—Lo siento tanto —grité—. No importa por qué quieres estar conmigo. Sí quieres y yo lo sé. Por favor, vive. Sigue respirando.

Sería su compañera si todavía me quisiera. Incluso renunciaría a todas mis esperanzas y sueños de tener una familia si él no quería más hijos.

Dios, por favor, déjalo respirar.

El alguacil me hizo señas para que me acercara.

—Siéntate cerca de su cabeza para que pueda respirar el aroma de su compañera y sepa por qué tiene que vivir.

Su *compañera*. El sheriff sabía que era la compañera de Cody. Por supuesto que, como le ordenó a Cody que se transformara, era uno de ellos. La forma en que hablaba de mí era con reverencia, como si yo lo fuera todo para Cody. Su razón de vivir.

—¿Puedo... puedo tocarlo? —Extendí una mano con cautela.

—Sí. Pero déjalo que se concentre en sanar.

Me acurruqué junto al lobo gigante, acariciándole ligeramente el hocico y la oreja. Cody tenía los ojos cerrados.

—Tú cúrate —murmuré, confiando en lo que había dicho el alguacil—. Cúrate porque yo te amo.

El alguacil retrocedió unos pasos y le hizo un gesto a mi padre para que le siguiera. Ya que no podían hacer nada por Cody, había un muerto del que tenían que ocuparse.

—Soy tu compañera. —Una lágrima rodó por mi nariz mientras me inclinaba hacia él y le murmuraba al oído—. Sí quiero. —Mi voz sonaba acuosa—. ¿De acuerdo? Oh, mira... —Le miré el pecho, sorprendida al ver que su herida había dejado de sangrar—. Ya te estás curando. —Me reí entre lágrimas, levantando la mirada hacia el alguacil que estaba arrodillado junto al muerto con una billetera en la mano.

Asintió con la cabeza.

—Eso está bien.

—Ahora céntrate en curarte —le murmuré a Cody, sintiéndome más segura, o más como si pudiera ser fuerte y hacer de consuelo en lugar de derrumbarme ante la idea de vivir sin él.

Cody iba a vivir.

Íbamos a tener una vida juntos.

Probablemente teníamos mucho que resolver, pero él merecía la pena. No quería renunciar a un amor tan palpable que podía sentirlo latir entre nuestros dos cuerpos.

—No me importa si me sedujiste en una semana —le dije—. Es un poco humillante saber que todo el mundo conocía de tu trato, pero ya se me pasará.

Los ojos de Cody se abrieron, como si me estuviera escuchando, y recordé que el alguacil me había dicho que lo dejara concentrarse.

—Podemos hablar más tarde —le dije—. Cuando puedas volver a respirar.

Sus ojos se cerraron.

Seguí acariciando su suave pelaje.

—Te amo —volví a murmurar—. Eres el hombre perfecto para mí. Eres todo lo que ni siquiera sabía que quería.

La respiración jadeante de Cody empezó a sonar menos agitada y menos cerca de las puertas de la muerte.

—Está bien si no quieres tener más hijos —susurré —. Me dedicaré a la enseñanza.

Los ojos de Cody volvieron a abrirse. Dejó escapar un gemido.

El alguacil se acercó a examinar la herida.

—Parece que su capacidad de curación no se ha visto afectada. Su cuerpo ya está empezando a repararse.

Miré a mi padre, que solo llevaba la camiseta interior y los pantalones del uniforme. Sus ojos estaban serios pero atormentados.

—¿Tú sabías?

—¿Que tu novio es un lobo? —Papá negó con la cabeza—. No hasta esta noche. Tampoco sabía que estaba trabajando para uno, ¿verdad, Levi? —Levantó las cejas mirando al alguacil.

—Me pareció que sabías que existíamos —dijo Levi.

Papá asintió.

—Hay cuentos de viejas en Cooper Valley. Mi abuela solía decirnos que nos quedáramos en casa en luna llena o podría ver a mi mejor amigo transformarse en lobo. —Mi padre esbozó una media sonrisa—. Siempre pensé que eran tonterías.

—Ahora tú vas a formar parte de nuestra manada. —Levi inclinó su barbilla hacia mí—. Riley es la pareja predestinada de Cody. Sé que supusiste que estaba metiendo la pata donde no debía, pero te aseguro que no hay nada más serio que una pareja predestinada. —Señaló la herida de Cody—. Recibiría mil balas por ella.

Nunca la abandonará. Dedicará el resto de su vida a hacerla feliz.

No estaba segura de cómo estaba asimilando mi padre la noticia, pero se me llenaron los ojos de lágrimas. Luché para contener el sollozo.

¿Cómo había dudado de Cody tan fácilmente?

—Cody podría volverse loco si Riley lo rechaza —continuó Levi—. Ambos necesitarán tu apoyo para que esto funcione.

—Demonios —murmuró mi padre, sacudiendo ligeramente la cabeza. Me miró—. ¿Lo sabías, cariño?

Intenté tragar saliva, pero no lo logré.

—Más o menos. No sé si lo he entendido del todo hasta ahora. —Le acaricié la cabeza a Cody, inclinándome para besarle su oreja sedosa—. Tenemos algunas cosas que resolver, pero no voy a rechazarlo. —Pasé un nudo en la garganta.

—Bueno. —Mi padre se frotó la nuca—. Supongo que no voy a interponerme en esto. Por ahora me reservaré el juicio hasta que esté convencido.

Cody se estremeció y volvió a abrir los ojos.

—Te amo. —Le susurré las palabras en la oreja.

32

CODY

ERA CONSCIENTE DE TODO, pero no pude moverme sin que me doliera ni hablar durante varias horas. Durante ese tiempo, Levi y Kyle me llevaron al dormitorio de Riley y me limpiaron la sangre antes de que llamaran al forense por el cadáver. La sala de estar de Kyle era ahora la escena de un crimen y había que procesarlo.

Riley se acurrucó en la cama a mi lado, con los dedos hundidos en mi pelaje, y su delicioso aroma invadió mis fosas nasales recordándome por qué tenía que vivir, como dijo Levi.

No es que tuviera ninguna duda. Levi tenía razón, recibiría mil balas por Riley. Hasta una mortal.

Cuando por fin pude respirar y se me pasó el estado

de shock, volví a mi forma humana para poder abrazar a mi chica.

Tenía tantas cosas que decirle.

Parecía que me podía perdonar, pero necesitaba estar seguro. Era distinto decir lo que había dicho por el ataque de pánico. Necesitaba saber que creía en nuestro vínculo igual que yo cuando no tenía un agujero de bala en el cuerpo.

Inhaló bruscamente.

—¡Cody!

Intenté acercarme a ella, pero probablemente me había roto una costilla y aún no tenía fuerzas para acercarla a mi cuerpo.

—Acércate a mí —murmuré—. No te bañaré en sangre.

Se acercó a mí, despacio y con cautela.

—Eso no me importa —dije con voz todavía llorosa.

Mi lobo odiaba ese sonido.

—Por favor, no llores, cielo. —Enterré la nariz en su pelo y dejé que su aroma me invadiera. Demonios, qué bien olía—. Estoy tan orgulloso de ti. Has pensado con cabeza fría y me has llamado como lo hiciste para avisarme.

—No quiero volver a decirte papi.

Me reí entre dientes y mierda, me dolió.

—Siento haberte hecho daño esta noche. Nunca jamás quise que te sintieras manipulada. No quise restarle importancia a lo nuestro ni a lo que significas para mí.

Se movió para que pudiera verle la cara llena de lágrimas. Sus grandes ojos marrones estaban fijos en mí, pero no dijo nada. Estaba escuchando. Sí me iba a escuchar.

Fue un millón de veces mejor que verla salir de mi bar como lo hizo antes.

—Escúchame y sabrás que lo que digo es verdad. —Le aparté el pelo de la cara. Moverme hacía que me dolieran las costillas y los pulmones, pero no me importaba—. Lo de la semana era para quitarme a Rob de encima. Estaba enfadado conmigo por desobedecer órdenes. Se suponía que debía borrarte la memoria y no lo hice. No quería traicionar tu confianza de esa manera ni jugar con tu brillante mente. Pero que sepas esto... —Me acurruqué a un lado de su cara y la miré directamente a los ojos—. Habría ido a por ti tanto como si recordaras que habías visto a un lobo como si no. Nunca tuvo que ver con comprar tu silencio. Nunca.

La barbilla le temblaba.

—Vale.

—¿Me crees?

Me miró a los ojos y asintió.

Me aclaré la garganta.

—Voy a demostrarte que voy muy en serio. Ha

pasado menos de una semana, así que aún no estás segura de mí. Entiendo que…

—No —interrumpió con un movimiento severo de cabeza—. Estoy segura. Cody, acabas de salvarme la vida.

—Yo siempre te protegeré.

Los ojos se le volvieron a llenar de lágrimas.

Me moví e hice una mueca de dolor.

—Por favor, no llores, cariño. Me mata.

Forzó una sonrisa entre lágrimas y tuve la certeza de que era la mujer más hermosa del planeta.

—Voy a demostrártelo todo. Siento que te sintieras humillada en el bar esta noche. Esa nunca fue mi intención. Nunca te haría daño por voluntad propia. Nunca.

—Está bien.

—No. No está bien, pero voy a arreglarlo.

Le besé el puente de la nariz.

—También has dicho otra cosa. Algo sobre dedicarte a la enseñanza porque no quiero tener hijos.

Sus ojos volvieron a brillar y los labios le temblaron, pero resopló y pareció contener las lágrimas.

—Maldita sea, cariño. ¿Quieres tener hijos? Tendremos hijos.

Se puso rígida, como si se resistiera a algo, pero seguí adelante.

—Me encantaría tener hijos contigo. Diablos, no me puedo creer que dijera que no tendría más hijos en el bar. Las palabras de Hank me pillaron por sorpresa. Es que aún no me lo había planteado. ¿Estás de acuerdo en que todo esto ha pasado tan rápido?

Una sonrisa apenada le torció los labios y asintió.

—Estaba concentrado en ganarme tu amor. Si fueras una loba, habrías sabido que me pertenecías en el mismo instante en que yo lo supe. Pero aparearse con un humano es un proceso diferente. Tenemos que seguir sus costumbres de cortejo, así que en eso me concentré: en hacerte ver lo que yo ya sabía que estamos hechos el uno para el otro. No dejé atrás mi necesidad de reclamarte. Pero sí, definitivamente voy a plasmar mis cachorros en ese vientre tuyo.

Riley se rio, el alivio inundó su expresión.

—¿Cachorros?

Asentí con la cabeza.

—Así es como los llamamos.

—Bebés cambiaformas —dijo con asombro—. Serán lobos como tú.

Me quedé pensándolo.

—Esperemos. No todos los mestizos pueden transformarse, pero serán bienvenidos en la manada al igual que tú, por supuesto, y hasta tu padre.

—Aún no estoy preparada para tener hijos, pero algún día. —Bajó las pestañas y sus labios adquirieron un aspecto sensual—. Pero estoy dispuesta a practicar.

Gemí mientras mi verga se ponía dura como una

roca. Estaba desnudo por haberme transformado y mi pene le pinchaba el vientre.

—Ay, cariño. Me vas a matar.

Ella sonrió.

—No quiero eso. Pero sí quiero hacerte sentir bien.

Cogí su muñeca mientras viajaba hacia el sur.

—Mañana —le prometí. Ella era demasiado difícil resistírsele, pero yo no estaba cerca de curarme del todo para darle la atención que se merecía—. Mañana puedes montarme todo el día.

Ella levantó sus labios y me acarició la boca con ellos.

—Voy a hacer más que eso. Voy a hacer que me reclames.

33

RILEY

Bajamos por el camino de tierra hasta la cabaña de Cody. ¿Habían pasado apenas cinco días desde la última vez que me trajo aquí? Aquel día estaba inconsciente. Me había secuestrado el hombre que anoche me salvó la vida.

El sol de la tarde brillaba en el cielo y el clima era perfecto para un día de verano. Las ventanillas estaban abajo y la brisa me acariciaba el pelo. Tuve que metérmelo detrás de la oreja, pero al final desistí.

No fue el hermoso paisaje lo que veía, sino a Cody. Todo Cody. El glorioso hombre mayor que yo que me amaba. Conducía con una mano sobre el volante y la otra en mi muslo descubierto. No podía dejar de mirarle.

Su pelo oscuro, esa barba arreglada que me encantaba, sus ojos, su nariz. Esos hombros anchos y fuertes.

Se había duchado más temprano mientras yo conseguía unos pantalones de mi padre para que se los pusiera. Iba conduciendo con el pecho descubierto y descalzo. Todo desnudo excepto los pantalones de chándal.

—Si sigues mirándome así, harás que me acompleje.

—Pensaba en si debería decirte que tienes un moco.

Se rio, pero al instante se llevó la mano a la nariz.

—¿Qué?

Yo también me reí.

—Es broma.

Gruñó, pero un guiño lo suavizó.

Amaba ambas cosas, el profundo estruendo y el elogio silencioso.

Habíamos pasado la noche en mi habitación de la casa de mi padre, sin hacer ruido mientras mi padre y los demás hacían su trabajo con el cadáver. Luego la casa se quedó vacía ya que, supuse, papá se fue a la comisaría. Me quedé despierta viendo a Cody curarse, sabiendo que tenía una segunda oportunidad con él. No la desperdiciaría. Por la mañana, estaba acurrucado conmigo, cuchara grande con cuchara pequeña.

Al final yo también me dormí y dormimos hasta el mediodía.

Estábamos hechos un desastre, yo con la ropa ensangrentada, Cody empapado también. Y la cama igual.

A la luz del día, era un duro recordatorio de lo que había ocurrido.

Lo cerca que había estado de que me mataran. Estaba segura de que tendría pesadillas, pero sabía que Cody me abrazaría toda la noche, pero no en esa cama. Maldición, no creía poder quedarme allí otra vez. También pensaba en mi padre. ¿Le costaría dormir en una casa donde le habían disparado a un hombre?

Pero de momento no importaba.

Me levanté de la cama con cuidado de no despertar a Cody y me duché, echando primero la ropa a la basura. Cuando salí con mi vieja bata raída que dejé cuando me mudé a casa de Nana, él estaba despierto. Estaba notablemente curado. Me había dejado revisarle el cuerpo porque era increíble: la herida de bala se había cerrado por completo. La herida parecía de hacía meses en lugar de doce horas. No nos tocamos ni besamos. Definitivamente no tuvimos sexo. Tal vez porque era la casa de mi padre y podía volver en cualquier momento. Tal vez porque las cosas habían cambiado. Estaban en carne viva. Era como una herida abierta que aún no había sanado.

—¿Estás bien, cariño? —Cody me sacó de mis pensamientos. Pasó su mirada de la carretera a mí.

Asentí con la cabeza.

—Sí. Es que… es mucho —admití.

Cogió la curva que dejaba a la vista su cabaña y aparcó.

—Quédate ahí. —Se bajó del Jeep y dio la vuelta. Cuando abrió mi puerta, metió la mano y me desabrochó el cinturón.

Luego se quedó allí, con la cara delante de la mía.

—Te amo, cariño.

Sencillo. Sincero. Completo.

Sonreí. Sonreí de oreja a oreja.

—Yo también te amo.

Su mirada se suavizó por un segundo, luego se sostuvo y se calentó. Sus dedos encontraron mis caderas y las agarraron.

—Te quité la virginidad, pero necesito reclamarte por completo como un lobo reclama a su pareja. Eso significa que estoy ligado de por vida. ¿Estás lista para eso?

Se me cortó la respiración.

¿Lo estaba? Era tan difícil de asimilar. Pero sí. Sí quería todo de Cody. Quería estar para siempre con él.

—Sí.

—Bien. Porque no quiero que haya dudas ni cuestionamientos ni preocupaciones. —Me pasó el pulgar por la arruguita de la frente, luego por mi labio inferior—. Eres mía, Riley Abbott.

Me llevé su pulgar a la boca y chupé mientras las

palabras se filtraban en mí y en mi corazón. Cuando lo solté, respondí:

—Y tú eres mío.

—Soy tuyo.

Luego me besó.

34

CODY

Después de lo que habíamos pasado, no me cansaba de besarla. Separé sus labios y metí la lengua entre ellos como si mi vida dependiera de ello.

Demonios, anoche había entrado por esa puerta y me había enfrentado a un hombre que apuntaba con una pistola a mi chica. Eso nunca lo superaría. Y pensar en lo que podría haber salido mal.

Maldita sea.

Podría sobrevivir a una bala, pero no a perder a Riley. Eso nunca.

El destino, tal vez, intervino dos veces esta semana.

Era mía, y lo decía en serio. Me moría por reclamarla. No veía la hora en que todos los cambiaformas de la manada supieran que Riley Abbott me pertenecía. Pero lo más importante era que ella supiera que yo le pertenecía.

Una virgen de diecinueve años me había robado el corazón, reclamado mi alma. No lo sabía, pero la había estado esperando toda mi puta vida.

Las palabras eran una cosa; pero las acciones, otra. Así que la besé hasta que se aferró a mí. La alcé, la saqué de mi Jeep y la senté encima del capó. Sus piernas se separaron y me acomodé entre ellas.

—Cody —susurró, moviendo las caderas hacia atrás para darme mejor acceso. Tenía la verga tan dura que agradecí la holgura del chándal. Aunque no sirvió de mucho porque la cabeza sobresalía por encima de la cintura elástica.

Su padre no iba a recuperar esos pantalones.

Inhalé y... mierda. Gruñí.

—Estás mojada. Te gusta la idea de que te muerda y te haga mía.

Sus grandes ojos marrones se clavaron en los míos.

—Sí.

Había sido amable hasta ahora, tratándola con mucho cuidado después de la última noche. Estaba casi curado y completamente duro.

—Muéstrame.

Los ojos le brillaron, tal vez recordando que le había dicho exactamente lo mismo la última vez que la tuve aquí. Claro que entonces la había atado a la cama. La verga me chorreó líquido preseminal al pensar en volverlo a hacerlo.

En lugar de resistirse como la última vez, se llevó las manos a la parte superior de los calzoncillos y empezó a bajárselos. Di un paso atrás y la ayudé a sacárselos por fuera de los pies. Sus chanclas cayeron al suelo con los calzoncillos.

Gruñí al verla abierta, rosada, brillante y... toda mía, mierda.

Le abrí los muslos con las palmas de las manos y me incliné para degustar.

Se echó atrás sobre una mano, la otra enredada en mi pelo.

—¡Cody! —gritó, mi nombre flotando en el viento.

No me importaba quién nos oyera. Aquí no. Cualquier cambiaformas en este bosque sabría que estaba satisfaciendo a mi compañera. No la compartiría, pero no tenía ningún problema en exhibirla. Gruñí pegado a su tierna carne, lamí y acaricié su pequeño y duro clítoris de la forma que había aprendido que le encantaba. Eso la llevó al borde del abismo.

Su sabor me curó de un modo que los genes cambiaformas no pudieron. Sabía que estaba cerca, que la estaba complaciendo. Meneó las caderas y, cuando introduje un dedo en su calor apretado y goteante, se corrió.

Sabía que mis ojos habían cambiado de color. Mis

caninos eran más largos ya que mi lobo estaba desespe-
rado por marcarla. Mi lado animal no entendía por qué
tardaba tanto.

Pero tenía que ir despacio. Tenía que tener cuidado.

Riley era humana, la mordedura la lastimaría. Tenía
que tener cuidado de no profundizar demasiado y de no
golpear una arteria. Le dejaría una cicatriz permanente.

Lamí, acaricié, besé y ascendí por su cuerpo hasta
que nuestras bocas se encontraron. Hasta que ella probó
el néctar que yo adoraba de ella.

Vaya. —Parpadeó y sonrió lentamente. Mi lobo
hinchó el pecho y aulló al ver cómo habíamos satisfecho
a nuestra compañera. Cuando volvió a sentarse —nunca
vendería este coche ahora que su coño húmedo lo estaba
embadurnando— dijo—: ¿Y tú? —Su mirada se dirigió a
mi pene, que había estado goteando líquido preseminal
en mi estómago.

Sacudí la cabeza.

—¿Crees que he terminado contigo?

Una hermosa sonrisa se dibujó en su rostro.

—Nunca terminaré contigo. Absolutamente quiero
entrar en ese coño perfecto, cariño. Y luego voy a
marcarte como mía.

Apareció un brillo travieso.

Con la agilidad de una antigua animadora, levantó la
pierna y me rodeó para saltar al suelo.

—¿Me quieres? —Metió los pies en las chanclas—. Tendrás que atraparme.

Me reí. Mi lobo estaba listo para abalanzarse sobre ella, pero me esperé para darle ventaja. La vi correr por el campo abierto. Tenía la parte inferior desnuda, invitándome a seguirla. Me metí la mano en el chándal y me acaricié la verga de la raíz a la punta.

La seguiría. Mi lobo aullaba de ganas de correr tras ella.

Sonreí, conté hasta diez e inicié la persecución.

35

RILEY

Cielos, era excitante ser perseguida en el bosque al atardecer por mi novio. Mi novio lobo. Mi compañero. Qué delicia.

Qué primitivo.

La excitación de ser cazada, de ser la presa de Cody, era un juego previo embriagador, sobre todo después del orgasmo que me dio encima de su Jeep. El pulso se me aceleró. El interior de mis muslos estaba húmedo por mis jugos. Una amplia sonrisa se dibujó en mi rostro mientras corría como podía en chanclas por el bosque. Las agujas de pino suavizaban el suelo de tierra, y el olor de la savia de Ponderosa calentada por el sol daba al aire un tenue aroma a vainilla.

La risa me subió por la garganta mientras esquivaba entre los árboles y detrás de las rocas, poniendo distancia entre el lobo que me acechaba y yo.

Cody me dio ventaja. Por un momento, pensé que no me estaba siguiendo el juego, hasta que de pronto allí estaba, merodeando detrás de mí, con el profundo rumor de su voz a solo unos metros de distancia.

—Corre, pequeña humana. Lo que atrape, lo reclamaré.

Ni siquiera sonaba como si le faltara el aire.

Me eché a reír y corrí más deprisa, pero él se quedó justo detrás de mí, rozándome la cadera desnuda con las yemas de los dedos, estimulando mis terminaciones nerviosas con electricidad.

—¡Atrápame si puedes! —Me lancé hacia un lado, alrededor de un árbol.

—Puedes correr, cariño, pero nunca escaparás. Me perteneces.

Por supuesto que no quería escapar. Quería saber que siempre me cazaría, que siempre me seguiría. Siempre me encontraría y me reclamaría.

Quería que lo demostrara de esta forma tan animal.

Rodeó el árbol por el otro lado y de repente se plantó justo delante de mí, bloqueándome el paso. Me estrellé contra sus brazos y solté un grito ahogado.

Sus ojos brillaban en tono ámbar y sus caninos

resplandecían a la luz del sol. Mi vagina se apretó al ver salir su lado animal.

—Cuidado, cariño. Estás irritando a mi lobo.

Cambié de dirección para huir, pero me agarró por la cintura y me puso boca abajo sobre su hombro. Chillé cuando su mano palmeó mi culo desnudo.

—¡Oye!

Se me cayeron las chanclas.

—¿Sabes lo que pasa cuando huyes de un lobo? —Me dio otra palmada en el culo más fuerte.

Me reí y seguí pateando. Mi coño estaba increíblemente húmedo, aspirando aire, deseando que él lo llenara.

—¿Me atrapan?

—Te reclaman. —Me volvió a azotar. Su voz no sonaba como la suya. Era más profunda. Tenía más de un gruñido—. Estoy tratando de contenerme, cariño. Pero quiero tirarte al suelo, follarte duro en la tierra y hundir mis dientes en tu nuca.

Respiré agitadamente ante la abrasadora imagen.

—Me estás poniendo difícil contener a mi lobo.

—Entonces no lo hagas —la reté.

No se movió. Ahora sí sonaba sin aliento, como si la carrera no hubiera sido nada, pero el esfuerzo de contenerse para no reclamarme sí le costaba un montón.

—Te necesito, Riley... —Su voz era áspera—. La luna llena está saliendo.

Su cordura claramente se desvanecía. Estábamos girando en círculos. ¿Estaba buscando un lugar donde bajarme?

—Tómame —le insistí. Dios, lo deseaba.

Gruñó.

—Aquí no. —Pareció pronunciar las palabras con esfuerzo, y de pronto echó a correr en dirección a la cabaña.

Le rodeé la cintura con los brazos, aferrándome a él para equilibrarme. Estaba boca abajo y solo le veía su espalda. Escuché la puerta abrirse y me dejó caer de pie.

—Corre, pequeña humana.

Solté un grito de risa y salí corriendo por la pequeña cabaña hacia el dormitorio donde me había atado.

Por supuesto que me atrapó en cuanto me acerqué a la puerta, me levantó y me tiró a la cama. Reboté y caí de bruces, todavía desnuda de cintura para abajo.

Sí, por fin.

Esto era lo que quería, lo que ansiaba. Sentir su fuerza, su poder sobre mí, resistirme y ser dominada a sabiendas de que estaba perfectamente a salvo con un hombre que haría cualquier cosa por mí, incluso recibir una bala.

Me acosté de espaldas y abrí las piernas, pero Cody se abalanzó.

—No. Ya he sido muy suave. Ahora te voy a dar duro. —Me puso boca abajo—. Las chicas malas huyen de sus compañeros. —Me azotó, no muy fuerte, pero rápido, lo suficiente para calentarme la piel y hacerme retorcer de placer.

Gemí, de acuerdo con él.

—Me he portado muy mal.

Definitivamente necesitaba ser azotada y poseída bruscamente.

Se detuvo y frotó sus dedos entre mis piernas.

—Estás tan mojada, cariño. —Lo escuché lamiéndose los dedos—. Todo ese jugo es para mí, ¿verdad?

—Sí —susurré, frotando la sábana suave con la mejilla.

Me dio otra tanda de azotes suaves.

—Abre las piernas, amor. Enséñame ese coñito tan bonito que tienes.

Obedecí, me separé de él y levanté el culo. Gruñó y oí el desgarro de la tela. Debía de haberse arrancado el chándal en vez de quitárselo. El colchón se hundió cuando se arrodilló detrás de mí y me abrió los muslos con las rodillas.

Cody me agarró las caderas con fuerza —como si no conociera su propia fuerza— y me las levantó hasta que descansé sobre las rodillas con el pecho más apoyado en la cama.

Su aliento se entrecortaba entre dientes. Volteé a mirarlo por encima del hombro y casi llego al orgasmo.

Los ojos le brillaban ardientemente. Tenía los dientes al aire y una expresión de agonía.

—Intentaré ir despacio —gritó, justo antes de empalarme con su pene de un rápido empujón.

Grité, estirando las manos y apoyándolas en el cabecero.

Cody se quedó quieto.

—Lo siento —murmuró—. Lo siento, dulce niña. ¿Ha sido muy duro?

Me pude dar cuenta de que estaba perdiendo el control. Eso era más que sexy tener a un hombre tan apasionado por mí.

Me sujetó la cintura y se deslizó dentro y fuera de mí, deslizándose suavemente. Su gruñido impregnó la habitación.

Gemí con él. Se sintió tan rico ser penetrada por él y que su autoimpuesta restricción, toda su dulzura y caballerosidad, desaparecieran.

Esta era la versión cruda de Cody. El hombre lobo que parecía no poder vivir sin mí, que necesitaba reclamarme tan desesperadamente que lo estaba volviendo loco.

Me apretó la cintura con los dedos y empezó a penetrarme con más fuerza. Dios, qué grande la tenía. Me estiró, su longitud tocó fondo dentro de mí. Por un momento, sentí que era demasiado, pero entonces alargó la mano y me acarició ligeramente el clítoris.

—Ay, Dios —gemí. Estrellas empezaron a bailar ante mis ojos.

—Así es, cariño. Ahora soy tu dios. —Cody penetró con más fuerza, sacudiendo la cama, por lo que la pegó contra la pared—. Voy a romper esta cama follando contigo.

—Por Dios —volví a gemir. Estaba a punto de correrme, me temblaban los muslos y mi canal le estaba apretando toda la verga.

—Riley... —La voz de Cody sonaba ahogada—. Maldita sea, Riley. Estás tan buena. Eres tan... ¡Demonios! —rugió y me penetró profundamente, empujando mis caderas hacia la cama, uniendo su cuerpo con el mío mientras se corría. Siguió frotándome el clítoris, haciendo que me corriera cada vez más duros y con más jugos chorreando por toda la verga.

Mis músculos se estremecieron a su alrededor y mis caderas se revolcaron en el colchón.

Sentí el pinchazo de uno de sus dientes caninos en mi hombro. Cody inhaló con fuerza y retrocedió.

—Ahí no —murmuró—. No quiero dejar una cicatriz visible.

Gruñó un sonido animal que hizo que todo mi cuerpo se estremeciera de placer mientras me halaba.

—¿Estás lista, Riley?

—Estoy lista.

Lo estaba.

—¿Estás segura?

Estaba tan segura.

—Hazlo.

Cody caminó hacia atrás de rodillas, recorriendo mis costados con sus grandes manos a medida que avanzaba.

—¿Aquí? —Su aliento me sopló el culo.

—Sí.

Sus dientes perforaron mi piel allí.

Grité. Al principio sentí un dolor agudo, pero enseguida me soltó y apartó los dientes de mi carne.

—Lo siento. Lo siento mucho, cariño. ¿Estás bien? —Lamió las heridas—. El suero de mis dientes debería aliviar el dolor en unos momentos, y mi saliva promoverá la curación.

—Estoy bien —prometí. Había sido muy rápido. Las endorfinas ya debían de estar haciendo efecto, porque más allá del dolor abundaba el placer.

Y satisfacción de la puta hostia.

—¿Qué necesitas, cariño? ¿Un poco de hielo?

—Ya está mejor —aseguré, sacudiendo la cabeza—. Solo te necesito a ti.

Cody exhaló como una ráfaga e inmediatamente se colocó detrás de mí, rodeándome la cintura con su fuerte brazo. Me abrazó.

—Te amo, Riley Abbott.

Me invadió la euforia. No sabía si era por el suero de

sus dientes, por las endorfinas del dolor o simplemente por el amor.

—¿Soy tuya ahora? —murmuré, drogada de felicidad.

—Estás marcada como mía. —La punta del dedo de Cody rodeó mi areola—. Todo cambiaformas sabrá que has sido reclamada por mí. Mi olor se ha incrustado permanentemente en tu carne.

—Tú llevarás mi anillo —le dije—. Así todos los humanos sabrán que has sido reclamado por mí.

Cody se rio entre dientes.

—¿Me estás pidiendo matrimonio, Riley Abbott?

Sonreí mientras me besaba detrás de la oreja.

—Sí.

—¿No se supone que tienes que arrodillarte o algo así? —bromeó.

—Mmm. Eso será más tarde, con las dos rodillas, cuando te devuelva el favor que me hiciste en el Jeep.

La verga de Cody creció entre mis piernas. Al parecer, su edad no iba a hacer que los orgasmos múltiples fueran un problema.

—Bueno, entonces la respuesta es sí. Pero no te voy a quitar el apellido ni nada —bromeó.

Me reí.

—¿Quieres que me cambie al tuyo?

—Cariño, eres una mujer moderna. Puedes hacer lo que te guste más: usar mi apellido, usarlo separado o quedarte con el tuyo. Para mí no cambia nada. Las tradiciones de mi especie han sido satisfechas.

Giré la cabeza y la incliné hacia atrás para apoyarla en su cuello.

—Lo quiero todo. Todo el cuento de hadas con el vestido blanco y mi padre entregándome en el altar. Y tal vez los dos apellidos con guion para que sea más fácil para los niños. Algún día.

Cody me cogió un pecho y lo apretó.

—Tendrás todo lo que quieras. Lo que desees, te lo daré.

CODY

EL SIGUIENTE SÁBADO, aparqué al lado de todos los demás coches junto al granero del rancho Wolf. A mi lado estaba Riley, retorciéndose las manos.

—Les vas a caer muy bien —dije.

Su mirada se desvió del picnic que ya estaba en marcha a mí. Rob había llamado y nos había invitado a todos los de la manada a un picnic. No había dicho que fuera porque había encontrado a mi compañera y la había marcado, pero ése era el motivo de la celebración. Todos querían conocer a Riley, y yo quería presumirla. Habían pasado dos días desde el tiroteo, un día desde que la marqué y la hice mía.

El mordisco en su culo se había curado, pero la marca estaba ahí para yo verla, para saber que era mía.

Se mordió el labio. Estaba nerviosa desde que le hablé del picnic y porque iba a conocerlos a todos a la vez. Por lo que yo sabía, los únicos cambiaformas que conocía eran Rob, Willow, Levi, Boyd y Audrey. Y Tyler. El hecho de que los conociera a ellos no la ponía menos nerviosa mientras recibía un curso intensivo de la manada mientras comía barbacoa y ensalada de col.

—Súbete la falda.

Se le descolgó la mandíbula.

—¿Qué? ¿Aquí?

Estábamos metidos en los silenciosos confines de mi Jeep, pero todo el mundo estaba a poca distancia.

—Te follé hasta los sesos hace solo quince minutos en la cabaña —le dije—. Como que no he hecho un trabajo muy bueno.

Sus grandes ojos se encontraron con los míos.

—¿Quieres follarme aquí? ¿Ahora?

—Demonios, no. Hay gente a quince metros. Pero te meteré un buen dedo y te quitaré esos nervios. Nadie sabrá lo que estamos haciendo.

Se quedó mirando. Y miró fijamente.

—Lo dices en serio.

—Nunca bromeo cuando hablo de meter mis dedos en ese coño perfecto.

Sus mejillas se sonrojaron.

—Estoy... estoy bien.

Ladeé la cabeza.

—¿Segura? Me encantaría salir con tu olor en la mano.

—No sé si debería estar avergonzada o excitada.

Me encogí de hombros.

—Te he distraído, ¿no?

Se mordió el labio y al entender se le iluminó el rostro.

—Eres bueno, Cody McIntire. —Alcanzó el picaporte y abrió la puerta.

—Espera, cariño.

Salté del Jeep y lo rodeé para alcanzarla. Aprendería que yo le abría la puerta. Cuando hizo lo que le pedí, la ayudé a bajar y la besé.

—Muy bien. Vamos a que conozcas a la manada.

Respiró hondo. Asintió.

Inclinándome, susurré:

—Más tarde te meteré los dedos. Es una promesa.

La cogí de la mano y me la llevé hacia todos sabiendo que su mente estaba pensando en sexo y no en conocer a un grupo de desconocidos.

Detrás del granero había mesas de picnic a la sombra de un álamo gigante. Un arroyo serpenteaba y los cachorros chapoteaban y jugaban en las aguas poco profundas. Las mesas del buffet estaban repletas de comida, todo listo para comer. Salía humo de dos parrilleras y el olor a hamburguesas y carne cocinada estaba por todo el aire.

Probablemente habrían venido unas cincuenta personas. No toda la manada, pero una buena parte. Una pareja de recién casados era una buena razón para reunirse, sobre todo si uno de ellos era humano.

Rob estaba junto a la parrilla, con espátula en mano. Tyler tenía otra. El chico nuevo, Wes, traía una bandeja cargada de hamburguesas para que la gente las cogiera. El hermano de Rob, Colton, estaba con ellos, bebiendo un trago de cerveza. También estaba Marina, su compañera. En una mesa estaban los otros compañeros humanos, Audrey, Charlie y Becky, riéndose de algo que dijo Johnny.

Haría que mi compañera los conociera a todos, pero poco a poco. Primero...

Apreté la mano de Riley y la atraje para rodearle la cintura con el brazo.

—Mira quién está aquí —murmuré cuando me incliné. Señalé hacia las parrillas.

Los ojos de Riley se desorbitaron.

—¿Papá?

RILEY

MI PADRE ESTABA AQUÍ, de pie junto a Rob Wolf, quien sabía era el alfa de toda la manada Wolf. El que quería que Cody me borrara la mente por ver a Tyler convertirse en lobo y salvarme del puma, por saber que los cambiaformas existían.

Y ahora mi padre, el Sr. Humano, estaba tomándose una cerveza y, por lo que parecía, hablaba de qué tipo de madera hacía el mejor humo para la barbacoa.

—Hola, por fin habéis llegado —comentó papá, con su sonrisa relajada, incluso con Cody a mi lado y cogiéndome de la mano.

Me obligué a no sonrojarme ni a mirar a Cody. Me

quedé pensando en si tendría una sonrisa de complicidad en la cara para saber por qué llegábamos tarde.

—¿Qué...? ¿Qué haces aquí? —le pregunté.

—Cuando el líder de una manada de lobos te invita a un picnic, parece que la única respuesta que se puede dar es «suena muy bien» y «¿a qué hora?» —Mi padre sonrió—. Además, traje una cita.

¿Mi padre tenía una cita? Se me descolgó la mandíbula. Señaló detrás de mí. Me di la vuelta y...

—¡Nana!

Estaba sentada en una silla de camping, con un plato lleno de comida en el regazo y una bebida en el portavasos del reposabrazos. Había una mujer sentada a su lado y estaban charlando, Nana riendo.

Tragué saliva y miré a Rob.

—No vas a hacer que Cody...

Rob negó con la cabeza.

—No te preocupes. Es más fácil para ti que tu padre esté al tanto.

Sí, habría sido muy duro guardarle ese tipo de secreto el resto de mi vida.

—Y pensar que todo esto empezó conmigo. —Tyler sonrió—. Hola, Riley. ¿Has conocido a Wes, el nuevo capataz del rancho?

Negué con la cabeza mientras un hombre musculoso y pelirrojo se acercaba.

—En realidad, sí. Bueno, no lo conozco, pero le he visto antes. Su hija, Remy, va al preescolar donde trabajo.

—Vale. Me alegro de volver a verte —dijo. Su sonrisa era cálida y amistosa.

—¿Dónde está Remy? —pregunté, mirando a mi alrededor. Por lo que sabía de ellos era que se habían mudado recientemente desde otro estado, y la madre de Remy no estaba en la foto. Lo que no sabía era que ambos eran cambiaformas.

Señaló hacia el arroyo que estaba cerca, donde la niña de cuatro años estaba ocupada apilando piedras en un montoncito. Se veía ocupada y concentrada en su tarea, incluso con otros cachorros y adultos a su alrededor.

—Estoy buscando una niñera si quieres el trabajo —dijo.

Su oferta me sorprendió.

—Eh, bueno. No puedo con la universidad, pero preguntaré por ahí.

—Te agradezco.

Remy lo llamó, se inclinó el sombrero de vaquero y se alejó de nuestro grupo para atenderla.

—Prometo no matar más pumas, ¿vale? —dijo Tyler, devolviéndonos a nuestra conversación original. Me hizo gracia porque todo esto empezó por un animal salvaje y no por un lobo cambiaformas.

O por el destino, como estaba empezando a creer.

Le di un breve abrazo y le devolví la sonrisa. No pude evitarlo.

—Tu padre nos ha dado su palabra de que guardará nuestro secreto —dijo Rob, dirigiéndonos de nuevo al enorme elefante de la barbacoa y a que mi padre supiera de los cambiaformas—. Además, tengo algo de ventaja en su contra si decidiera divulgarlo.

Fruncí el ceño.

—Tú.

—Quiero que estés bien, Riley Roo —dijo mi padre.

No bromeaba. Su cara contenía cierta angustia, probablemente recordando lo que había pasado en su sala de estar.

—Cody te protegió. Seguirá haciéndolo. —La mirada de mi padre se posó en Cody, y esta vez no tenía nada de ira—. Toda la manada lo hará. No voy a poner en peligro eso ni a ellos.

Rob le dio la mano a mi padre.

Después de que Cody me diera un pequeño apretón en el costado, me acerqué a mi padre y lo abracé.

—Gracias.

—Solo quiero que seas feliz —murmuró.

Asentí pegada a su pecho.

—Estoy con Cody.

—Lo sé. Pero si en algún momento te llegara a poner triste, tengo una pistola.

Me reí porque ambos sabíamos lo inútil que era.

Me soltó y tuve la sensación de que aquello fue como estar en el altar y que mi padre me entregara a mi futuro marido. Estaba dando su bendición silenciosa. Delante de Rob, el alfa. Delante de toda la manada, aunque estaban ocupados divirtiéndose en su picnic. Y delante de Cody.

Me puse de puntillas y besé a Cody. Nada salvaje, solo un... recordatorio.

—¿Y Nana? —pregunté, recordando que él no era el único de la familia que estaba aquí—. ¿Ella cree que esto es solo un picnic?

—Es solo un picnic —dijo Willow, acercándose a Rob y acogiendo su abrazo—. Con un pequeño extra. —Sonrió y le guiñó un ojo—. Con respecto a tu Nana, siempre lo supo.

Desvié la mirada hacia mi abuela. Me miró y sonrió. Se encogió de hombros.

Madre mía. Ella sabía.

Entonces me reí. Porque todo estaba bien.

Tenía a mi hombre. Tenía a mi familia. Tenía mi manada.

Lo tenía todo...

EPÍLOGO

CODY

Me acerqué a Riley, mi hermosa novia, y acaricié su cara. Mis labios se deslizaron sobre los suyos, con suavidad al principio.

Que les den.

La cogí en brazos, al estilo luna de miel, y la hice girar mientras la besaba con todas mis fuerzas. Ella me envolvió el cuello con los brazos y se pasó el velo con elegancia por detrás de la cabeza.

Los invitados a nuestra boda soltaron unos cuantos suspiros de asombro, y luego la iglesia estalló en aplausos. La sensación de haber encontrado a mi pareja, aquel fatídico día provocado por un puma, no era superada por este momento. Pero le llegaba cerca. Riley ya era mía desde el primer rastro de su aroma, pero cuando me dijo que me amaba, eso lo consolidó. Luego mi marca en su culo perfecto lo selló. Y ahora...

Para el mundo humano, éramos eternos.

—Eso sí que es nuevo —dijo el pastor riendo.

Supuse que los silbidos venían del lado cambiaformas de la iglesia.

—Muy bien, papá. —Tyler, mi padrino, me dio un golpecito en el hombro, con una risa avergonzada en su voz.

—Muy bien. —El pastor se rio cuando seguí besando a mi novia—. Ahora ustedes dos debéis caminar juntos por el pasillo tomados de la mano.

No. No la iba a bajar. Ella quería su tradición humana, y yo estaba totalmente de acuerdo, pero ahora que estábamos oficialmente casados, la iba a reclamar con todas las de la ley al estilo humano.

Rompí el beso para que pudiera sonreírle a sus amigos y familiares mientras la cargaba por el altar.

Cargada. Tuvo suerte de que no me la echara al hombro y la secuestrara otra vez.

Nuestros invitados nos aclamaban mientras caminábamos, el evento se volvía más bullicioso cada segundo.

—Vale, bájame —dijo Riley cuando salimos del santuario.

—No. No volveré a bajarte —juré, sonriendo. Nunca esperé que me complaciera tanto un rito humano.

Se rio.

—Cody, tenemos que quedarnos aquí y saludar a todos conforme salgan.

—Ah. —Me detuve y giré, todavía reacio a apartarla de mis brazos.

—Aquí. —Sacudió sus sandalias plateadas de tacón.

Mi lobo quería gruñir, pero sabía que esto solo nos unía más.

—Vale, bien. Pero no corras. —La incliné para ponerla suavemente en pie y acerqué mis labios a su oreja—. Sabes que mi lobo se muere por destrozarte esa bata para llegar a ti.

Se rio.

—Sabía que no debíamos haber elegido una fecha de boda en luna llena.

Habíamos dado un año entero para que los humanos de Cooper Valley se acostumbraran a nuestra relación de mayo a diciembre. Compré el anillo de compromiso al día siguiente de marcarla, pero ella no se lo puso en el dedo hasta el año nuevo para mantener las apariencias. Me daba igual. Estaba marcada como mía.

Eso era lo único que me importaba a mí.

Durante el último año, había pasado la mitad de las noches en su casa y ella en la mía. Había habido escándalo y cotilleo acerca de nosotros, insistiendo en que ella tenía la misma edad que Tyler, pero todo se calmaba enseguida cuando nos veían juntos. Todo el mundo se daba cuenta de que éramos el uno para el otro.

También ayudó que su padre les callara las bocas. No creía que hubiese sacado la pistola para que la gente cerrara la boca, pero no me extrañaría. Después de la noche en que el intruso tomó a Riley como rehén y todo lo que pasó, él estaba más de acuerdo con que estuviéramos juntos que nadie. Incluso la nana de Riley.

Bueno, tal vez guardaba relación.

Tampoco me cabía duda de que ella era quien más influía en el pueblo. Era temible, y su palabra era tan ley en este pueblo como la del departamento del alguacil.

A Riley le quedaba un año de estudios para recibir el título y el certificado de maestra. Aunque no tenía que trabajar —la ventaja de casarse y aparearse con alguien mayor era que había tenido tiempo de invertir y ahorrar —, era el trabajo de sus sueños.

No le negaría nada. Pero dejó el preescolar para ayudar en el bar, por lo que nuestros horarios de sueño estaban más sincronizados. Eso era una ventaja.

Los miembros del cortejo nupcial —Tyler, Kyle y Boyd en mi caso, y Lila, Alice y Wendy en el de Riley— esperaban en fila en la recepción detrás de nosotros. Nuestros invitados salieron: primero la abuela de Riley, con la cara llena de lágrimas de felicidad, seguida por

Anne, la madre de Tyler, y su compañero, Kevin. Anne me dio un beso en la mejilla.

—Me alegro mucho por ti. Siempre odié que yo hubiera encontrado a mi pareja y tú no.

—Sabes que nunca te he envidiado ni un segundo —le dije, como le había dicho cientos de veces antes. Las parejas predestinadas lo superaban todo en nuestra cultura.

A ella también se le aguaron los ojos.

—Lo sé. Me alegro mucho por ti. —Cogió las dos manos de Riley entre las suyas—. Riley, tienes a uno de los buenos; un padre dedicado, un hombre honorable. Cuídalo.

Los ojos de Riley también se empañaron.

—Lo haré.

—No hagas llorar a mi novia —amonesté, apretándole la mano de Kevin y haciendo señas para que siguieran.

Le rodeé la cintura a Riley con el brazo y sostuve su cuerpo junto al mío mientras besábamos y les dábamos la mano a todos los humanos y cambiaformas que habían venido a presenciar nuestro ritual.

Después salimos de la iglesia, donde todos habían hecho cola para soplarnos burbujas mientras corríamos hacia la limusina que alquilé para que nos llevara a la recepción.

En la parte de atrás de la limusina, le quitó el ramo de calas a Riley de la mano, lo dejé en el asiento y subí a mi preciosa esposa a mi regazo.

—Hola, Sra. McIntire. —Acaricié la piel descubierta de su delgado hombro.

—Abbott-McIntire.

—Eres mi mujer.

Me sonrió, tomando mi cara entre sus manos.

—Eres mi marido. —Me acarició la barba con el pulgar.

Le agarré con más fuerza el culo y mi lado lobo se volvía cada vez más agresivo.

—Tres horas, cariño. Bailaremos, comeremos tarta y lo celebraremos. Y luego correrás desnuda bajo la luz de la luna.

Arrugó los ojos.

—¿Desnuda?

—A menos que quieras que te arranque ese vestido en el bosque, porque eso es prácticamente lo único en lo que puedo pensar ahora mismo. —Mi pene se hinchó en mis pantalones de esmoquin contra su culo para demostrarlo.

Se rió, retorciéndose sobre mi erección.

—Bueno, un vestido destrozado suena sexy. Pero no sé, creo que quiero guardar este vestido para mis hijas.

—Desnuda entonces. —Le sonreí.

—¿Y tú me perseguirás?

Me quedé sin aire al ver lo preciosa que estaba con su precioso pelo castaño rojizo recogido y un tocado de cristal que sujetaba su velo prendido en la espalda.

—Siempre, cariño. —El calor en mi pecho era casi demasiado. Me daba miedo que el corazón me estallara —. Siempre te perseguiré. Dondequiera que corras.

CONTENIDO EXTRA

¿Adivina qué? Tengo contenido extra para ti.

Como siempre... ¡gracias por amar mis libros y las montadas salvajes!

http://vanessavaleauthor.com/v/2g1

¡RECIBE UN LIBRO GRATIS!

Únete a mi lista de correo electrónico para ser el primero en saber de las nuevas publicaciones, libros gratis, precios especiales y otros premios de la autora.

http://vanessavaleauthor.com/v/ed

SUSCRÍBETE - RENEE ROSE

Suscríbete a mi newsletter para recibir contenido especialmente bonificado y noticias de nuevos lanzamientos en Español.

https://www.subscribepage.com/reneerose_es

OTROS LIBROS DE RENEE ROSE

Rancho Wolf

Áspero

Salvaje

Feroz

Rudo

Indomable

Implacable

Instintivo

Vigoroso

Dos Marcas

Rebelde - GRATIS

Tentada

Deseada

Seducida

Alfa de Montaña

Héroe

Rebelde

Guerrero

TODOS LOS LIBROS DE VANESSA VALE EN ESPAÑOL

https://vanessavaleauthor.com/book-categories/espanol/

ACERCA DE LA AUTORA - RENEE ROSE

RENÉE ROSE, LA AUTORA BESTSELLER EN USA TODAY, ama los héroes dominantes, ¡los machos alfa que saben hablar sucio! Ha vendido más de un millón de copias de tórridas novelas románticas con diferentes niveles de sexo no convencional. Sus libros han sido presentados en el Happily Ever After de USA Today y en Popsugar. Nombrada en el Eroticon de los Estados Unidos como la Próxima Autora Erótica Top en 2013, ha ganado también como Autora Preferida en Ciencia Ficción y Antología Valiente y Atrevida y con la mejor novela romántica histórica en The Romance Reviews. Figuró cinco veces en la lista de USA Today con varias antologías.

Suscríbete a mi newsletter para recibir contenido especialmente bonificado y noticias de nuevos lanzamientos en Español.

https://www.subscribepage.com/reneerose_es

ACERCA DE LA AUTORA - VANESSA VALE

La exitosa *bestseller* Vanessa Vale escribe romance seductor de chicos malos implacables que se enamoran con todo su corazón. Ha vendido más de un millón de ejemplares. Vive en el oeste de los Estados Unidos y allí siempre se inspira para escribir su próxima novela. No será tan buena con las redes sociales como sus hijos, pero le encanta interactuar con los lectores.

https://vanessavaleauthor.com

facebook.com/vanessavaleauthor

instagram.com/vanessa_vale_author

bookbub.com/profile/vanessa-vale

tiktok.com/@vanessavaleauthor